습관을 다루는
생각의 비밀

어떻게 성공을 끌어당길 것인가

습관을 다루는

생각의 비밀

THINK POWER

김은형 지음

도서출판 더로드
The Road Books

습관의 변화가 인생을 바꾼다

미국의 사회학자 짐 론(Jim Rohn)은 다음과 같이 말했다.

"평상시 만나는 사람 5명의 평균치가 바로 자기 자신의 인생이다."

사람은 성장하면서 자기 주변의 많은 사람과 어울리며 살아간다. 생활해 나가는 과정에서 만나는 사람은 자신의 의지와는 상관없다. 자신이 살아가는 생활환경이나 여건에 따라 자연적으로 만나게 되는 사람들이다.

평상시 만나는 사람을 바꾸기 위해서는 생활환경의 변화가 있어야 한다. 부모님 직장 여건에 따라 이사를 다녀 사는 곳이 달라질 수도 있다. 아니면 스스로 공부를 하고 자신의 꿈을 이루기 위해 도시로 나오게 되는 경우도 있다. 그런가 하면 역으로 도시 생활에서 벗어나 귀농·귀촌 생활을 하기도 한다. 어떠한 이유에서든 생활환경을 바꾸게 되면 만나는 사람이 바뀌게 되고 자신의 인생에 직접적인 영향을 주게 된다. 옛날 맹자의 어머니가 맹자의 교육을 위해 세 번이나 이사했다는 맹모삼천지교(孟母三遷之教)는 이러한 영향을 잘 보여준다.

듀크 대학교 연구진이 2006년에 발표한 논문에 따르면, '우리가 매일 행하는 행동의 40%가 의사 결정의 결과가 아니라 습관 때문이었다.'라고 한다. 자신의 습관은 자신도 모르는 사이에 자주 만나는 사람의 행동이나 습관을 닮아가게 된다. 이런 무의식적인 상태에서 익숙해진 습관은 뇌의 깊은 곳에 자리 잡고 언제든 익숙한 행동으로 나타나게 된다.

이러한 습관 형성으로 인해 자신이 평상시 만나는 사람의 수준이 중요하게 되는 것이다. 짐 론의 말에 의하면 5명의 평균치가 자기 자신의 인생이 되는 것이다.

사람이 살아가면서 성공 습관을 형성하는 데 중요한 역할을 하는 네 가지의 경우가 있다.

첫 번째, 매일 가까이에서 함께하는 부모의 행동이나 가르침이 중요한 역할을 하게 된다. 두 번째, 부모에게서 배우지 못하면 학교 교사의 가르침이 중요한 역할을 하게 된다. 세 번째, 부모도 아니고 교사도 아니었다면 직장 상사가 중요한 역할을 하게 된다. 네번째, 이것도 저것도 아니면 스스로 성공 습관을 익히는 중요한 역할을 해야 한다.

성공하기 위해서는 습관을 바꾸라고 한다. 하지만 한번 익숙해져 있는 습관을 바꾸는 것은 생각처럼 쉽지 않다. 다르게 생각도 해보고, 바꾸기 위한 집중력도 높여보고, 좌뇌·우뇌·간뇌를 활용한 훈련도 해본다. 습관이 바뀌기 위한 임계점을 넘어서기 위한 노력도 해보고, 책을 많이 읽으며 변화를 시도해 보지만 오래가지 않는다. 동기부여나 의지력이 소모되는 순간 습관은 다시 이전으로 되돌아가려고 하기 때문이다. 습관과 관련한 여러 책에서는 습관을 바꾸기 위해 작은 습관을 실천하라고 한다. 한꺼번에 많은 변화를 시도하려고 하면 얼마 못 가서 동기부여가 저하되거나 의지력이 소모되어 실패하게 된다는 것이다. 예를 들면 하루에 글쓰기 두 줄, 책 읽기 두 쪽, 팔굽혀펴기 5회와 같이 모두 실천하는데

10분 이내가 되도록 하는 것이다. 습관 책 저자들이 성공사례로 제시하는 작은 습관의 실천도 스스로 작은 습관을 실천하려는 의식적인 노력을 요구한다. 아무리 작은 것이라도 그것을 실천하려는 의지력이 필요한 것이다.

처음에 바둑이나 당구를 배울 때 머릿속에서 상상으로 게임을 연상해 본 경험이 있을 것이다. 식사하기 위해 앉았는데 밥상이 바둑판으로 연상이 되거나, 젓가락이 당구 큐대가 되어 시합할 때 실수한 장면을 복귀해 보게 된다. 잠자리에 누웠는데, 천정에 바둑판이 펼쳐지고 당구장의 당구대가 그려져서 어느새 당구 큐대를 잡고 시합하는 모습이 어른거린다. 여러분이 습관을 바꾸거나 꿈을 이루기 위해서 이러한 상상의 힘을 이용할 수 있다. 자신의 목표를 명확히 하고 그 목표에 대한 믿음을 확고하게 해야 한다. 확고한 믿음은 여러분의 상상력을 이끌어내게 된다. 꿈이나 목표를 이룬 후의 자신의 모습을 구체적인 영상으로 상상하게 되면 연쇄반응이 일어나게 된다. 꿈을 이루기 위한 환경이 끌어당김의 법칙에 의해 유유상종으로 모여들게 된다. 여러분 주위의 평균치가 올라가 꿈을 이룰 수 있는 여건이 형성되는 것이다. 수영선수 마이클 펠프스는 상상력을 이용한 훈련으로 기량을 최대한 발휘할 수 있었다. 펠프스의 코치가 펠프스에게 '비디오테이프를 준비하게.'라고 나지막이 말하기만 하면 충분했다. 여러분도 상상력을 이용하여 꿈을 성취할 수 있는 영상을 준비할 수 있다.

이 책에는 저자의 경험과 여러 동료, 지인의 사례들이 함께 수록되어 있다. 성공해 나가는 모습이 담긴 사례도 있고, 여전히 포기하지 않고 꿋꿋하게 살아가는 사례도 있다. 여러분의 꿈으로 가는 과정에 부족하나마 도움이 되었으면 하는 바람이다.

저자 김은형

차례

PART 2
성공하려면 습관부터 바꿔라

PART 3
습관을 다루는 생각의 비밀

PART 1

인생 밥정식을
재구조화하라

01
당신의 현재 수준은
습관에 의한 산출물이다

지금 우리의 모습은 우리가 반복적으로 한 행동의 결과다.
– 아리스토텔레스

지구별에 사는 인간은 참으로 오묘한 존재이다. 생각을 하고 자신이 하는 행동을 기억하고 어떤 상황에서는 행동이 반사적으로 나온다. 살면서 이러한 생각을 해본 적이 있는가? 우리가 지금의 부모에게서 태어난 것은 우리의 선택이 아니다. 성경에서는 창조주에 의한 것이라 되어있다. 창조주가 선택한 부모에게서 태어난 것이다. 성장하면서 우리는 부모에게서 배우고, 친지에게서 배우고, 학교에서 선생으로부터 배우고 우리가 접하는 모든 것으로부터 배운다. 그리고 그것은 우리의 습관이 되어 행동으로 표출된다.

"당신은 하루 일과표를 기록하고 실천하고 있는가?"

살아가면서 일과표를 기록하며 살아가는 사람이 얼마나 되는지 궁금해진다. 초등학교 시절에는 일기 쓰기라는 숙제가 있었다. 그리고 일기장에는 날씨를 쓰는 칸이 있다. 지금이야 인터넷으로 찾으면 정확한 날씨를 금방 알 수 있다. 필자가 초등학교 시절에는 그날그날 적어놓든가 아니면 신문을 모아 두었다가 찾아보는 것이었다. 사실 초등학교 시절 일기를 매일 적는 친구는 거의 없다. 대부분 친한 친구끼리 확인해 보고 똑같이 적어온다. 틀리면 다 같이 틀리는 것이다. 중학교로 올라가면서는 그나마 일기 쓰기도 의무사항이 아니다. 그래서 학교 시간표에 따라서 공부하는 것이 일과표의 전부가 되었다.

우리가 하는 하나하나의 행동은 습관에서 나온다. 남자들은 군에서 익힌 습관이 몸에 배어있다. 남자는 군에 갔다 와야 어른이 된다고 하지 않는가. 훈련소에 입소하기 전에 머리를 짧게 깎는 순간부터 마음가짐이 달라지기 시작한다. 군에서의 일과표는 시간별로 빈틈없이 계획되어 있다. 계획된 일과에 따라 움직여야 하므로 모두가 일치된 행동이 요구된다. 매일 아침 기상하면 단체구보를 시작으로 일과를 시작한다. 단체생활에서 필요한 생활규칙이 지켜지지 않거나 규칙을 어기게 되면 바로 얼차려가 실시된다. 개인적인 얼차려가 있고, 단체로 받는 얼차려도 있다. 단체 얼차려를 받게 되면 원인을 제공한 군인은 심적 부담을 크게 느끼게 된다. 자신이 원하든 원하지 않든 군 복무기간에는 무조건 정해진 규율에 따라 강압적인 단체행동을 해야 한다. 제식훈련, 각개전투 훈련, 유격훈련 등 훈련을 받을 때는 정신적, 육체적 한계를 느낄 때까지 아무 생각이 없게 만든다. 이러한 단체행동이나 훈련을 견디고 전역하게 되면 한참 동안 군에서 몸에 밴 행동들이 자신도 모르게 습관적으로 나오게 된다.

군에서 전역한 후 첫 회사에 입사하고 기숙사 생활을 했다. 회사는 산으로 둘러싸인 중턱 저수지에 있어 도보로는 출·퇴근이 쉽지 않았다. 아침 일찍 일어나 산 위쪽으로 조깅을 했다. 건강관리의 목적도 있지만 군에서 몸에 밴 습관이다. 조깅하면서 신선한 공기도 마시고 출근을 하면 하루가 상쾌하게 시작되는 느낌을 받는다.

회사에서는 매년 업무일지 노트를 사원에게 지급한다. 일과는 업무일지에 그날 할 일을 적으면서 시작된다. 일과 내용을 보면서 열심히 하지만 목표 일정을 달성할 수가 없다. 연구원들은 퇴근 시간이 되면 퇴근을 못 하고 야근을 위해 식당으로 간다. 팀 회식이 있거나 특별한 일이 없으면 거의 매일 마지막 퇴근 버스를 타고 내려온다. 이러한 일과가 몸에 배어 어느새 습관이 된다.

이러한 시스템에서 개인의 건강관리는 필수적이다. 그래서 군에서 아침 구보하는 습관이 회사에 와서도 조깅하는 습관으로 되었다. 한때 C형 간염이 유행하여 회사 식당에서 간염 보균자를 대상으로 식사 배분을 따로 하던 시기가 있었다. 건강검진을 받아보니 C형 간염 항체가 생겨서 예방주사를 안 맞아도 된다고 했다. 기억을 더듬어 보니 검진하기 며칠 전 아침에 조깅을 하는데 몸 컨디션이 보통 때와 달리 안 좋았던 기억이 있었다. 젊은 혈기에 조깅을 더 열심히 해야겠다고 판단했다. 이러한 행동들이 항체를 형성하게 된 계기가 된 것으로 생각하고 있다. 좋은 건강관리 습관이 좋은 결과를 나타내게 되었다.

회사에서 업무일지 노트에 일과를 적는 것은 습관이다. 첫 회사에서는 프로젝트 업무계획에 의거 사원들이 할 일을 업무일지에 기록하고 개인이 관리해 나가면 되었다. 회사는 특수 업종으로 생산 시스템은 원재료가 입고되면 가공, 생산, 조립, 및 제품 출하까지 모든 업무가 회사 내에서 이루어졌다. 따라서 일일 업무 중간에 관리자와 함께 중간점검을 하면서 확인된 문제점은 회사 내에서 보완해 나가면 되었다. 업무를 추진하면서 어려운 사항은 그때그때 협의를 하면서 방안을 강구할 수 있었다.

7년 후 전직을 하게 되었는데 회사 문화가 달랐다. 전직하면서 관리가 엄격한 시스템이라고 들은 바도 있고, 경력사원으로 적응도 해야 했다. 특수 업종의 회사였으나, 생산제품 규모가 경량물에서 중량물로 업무추진 스케일이 달랐다. 일과는 사원들이 업무일지에 그날 할 일을 적으면 담당과장이 보고 결재를 하는 시스템이었다. 다음 날 출근해서 업무일지를 제출하면 담당과장이 하나하나 보고는 미진한 업무실적의 사원을 부른다. 그리고 왜 실적이 부진한지 만회할 계획은 무엇인지 확인하고는 해결방안을 검토하고 지시하는 것이다. 업무일지에 적는 일과가 사원들 자신을 관리하는 족쇄가 되는 것이었다. 프로젝트의 특성상 일정이 여유가 없었다. 매번 실적부진으로 만회 계획을 세우고 보고하는 업무 사이클로 돌아갔다. 전직 후 처음에는 이러한 변화가 힘겨웠으나, 당연한 것으로 받아들여야만 했다. 이것이 또한 습관으로 자리 잡게 되었다.

회사에 다니면서 다른 사원보다 일찍 출근해서 일과를 챙기는 것이 습관이 되었다. 전날 퇴근 시점에 다음날 업무를 업무일지에 적어놓는다. 하지만 프로젝트 일정이 긴박하게 돌아갈 때는 밤새 내용이 달라지는 것이 생긴다. 다음날 일찍 출근해서는 전날 적어놓은 업무내용에서 변경되거나 누락된 것이 없는지 확인을 한다. 그러고 나서 사원들이 출근 후 그날의 일과 업무회의를 하면서 놓치는 업무가 없도록 한다. 어찌 보면 완벽주의라는 결벽증처럼 하루하루 업무 사이클이 습관이 되어버린다. 프로젝트에 대한 회사의 문화는 원샷에 성공해야 한다는 것이다. 프로젝트 일정관리의 압박이 그대로 업무습관으로 자리 잡게 되는 것이다. 이러한 문화는 관리자와 사원 모두에게 프로젝트 추진 내내 압박과 스트레스로 작용하게 된다. 결국 프로젝트에 대한 관리방식이나 스트레스를 견디지 못하고 이직이나 전직을 하는 사원들이 있다. 이러한 업무습관으로 명예퇴직 시까지 근무를 했다.

중소기업에 임원으로 전직을 해서도 이러한 업무습관은 그대로 이어졌다. 중소기업은 낙후된 업무관리 시스템 사용으로 적응하는 데 어려움이 많다. 대기업이라는 잘 짜인 조직 하에서 근무하던 습관은 쉽게 변하지 않는다. 동등 수준의 기업 간 전직을 하는 것과 대기업에서 중소기업으로 전직을 하는 것은 다르다. 세분된 조직에서 요구되는 업무를 하던 습관에서, 통합된 조직에서 요구되는 업무를 해야 하는 습관으로, 익숙한 습관의 변화가 이루어져야 한다. 이러한 새로운 습관으로 적응을 위해서는 일정기간 의식적인 노력이 요구된다.

직장생활에서 일과를 적고 관리하는 습관은 은퇴 후에도 계속되고 있다. 스마트폰 캘린더 앱과 엑셀 파일을 이용하여 매일 30분~1시간 단위로 일과를 적고 있다.

습관의 변화를 위해서는 동기부여와 의지력 모두 필요하다. 전직이라는 것이 하나의 동기부여가 될 것이다. 업무를 하면서는 프로젝트 성취라는 것이 동기부여가 될 수 있다. 그러나 전직이나 프로젝트 성취에 의한 동기부여만으로는 조직에서 오래 버티기가 쉽지 않다. 동기부여에 더하여 자신의 의지력이 있어야 한다. 동기부여는 처음에 엄청난 힘으로 열정을 끌어올릴 수 있지만, 일정 시간이 지나면 힘이 빠져 소멸하게 된다. 힘이 빠져나가는 시기에는 동기부여를 더 끌어올릴 것인지 아니면 내려놓을 것인지에 따라 의지력이 작용해야 한다. 따라서 자신의 수준은 자신의 습관에 의해 산출물 수준이 결정된다.

02

지금의 습관이
당신을 지켜주지 않는다면

누구나 결점이 그리 많지는 않다. 결점이 여러 가지인 것으로 보이지만
근원은 하나다. 한 가지 나쁜 버릇을 고치면 다른 버릇도 고쳐진다.
한 가지 나쁜 버릇은 열 가지 나쁜 버릇을 만들어낸다는 것을 잊지 말라.
— 파스칼

지금의 습관이 잘못되었다면 어떻게 해야 하는가? 율곡 이이 선생은 다음과 같이 말했다.

"오래된 습관은 단칼에 자르듯이 뿌리를 잘라버려야 한다."

중소기업으로 전직했다. 경력이 부족한 소수의 인원이 프로젝트를 추진하고 있었다. 체계업체와 계약한 구성품 개발 프로젝트의 일정이 중반을 넘어서 종점으로 가고 있었다. 그러나 내부 추진 상황을 보니 실질적인 개발 실적은 부진한 상태에 있었다. 며칠이 지나자 부진했던 수입품목이 입고되어 구성품 조립을 완료할

수 있었다. 부진한 일정 만회를 위해 기본 작동시험을 실시한 후 바로 환경시험 일정을 추진해야 했다. 시험기관이 가능한 일정에 맞춰 통과하지 못하면 일정이 뒤로 밀리게 된다. 경험이 부족한 인력과 함께 직접 환경시험을 수행해야 하는 상황이 이어졌다.

일을 추진하면서 완벽주의의 습관이 힘들게 하고 있었다. 대기업의 조직에서 일과를 계획하던 습관은 인원이 몇 안 되는 중소기업에서도 동일하게 습관으로 이어졌다. 이러한 습관이 중소기업에서는 마찰을 빚기 시작했다. 여러 조직으로 나누어 하던 일들이 예산 관리는 물론 실 업무 수행까지 모두 한 조직에서 수행해야만 하는 것이다. 프로젝트 업무추진 시의 긴장감에서 오는 스트레스는 엄청나다. 한 개의 프로젝트가 성과를 내지 못해도 다른 프로젝트에서 보완해 주는 시스템이 아니다.

1980년대까지만 해도 특수 업종의 회사는 전문 품목으로 업이 구분되어 있었다. 미국이나 유럽에서는 특수 업종의 회사 간에도 경쟁 시스템이 도입되고 있었다. 이러한 변화는 1990년대에 들어와서 한국의 특수 업종 회사 간 업에도 경쟁 시스템을 적용하게 되었다. 처음으로 사업예산이 수천억 원 되는 경쟁 사업이 추진되면서 S사와 D사의 치열한 사업 수주전으로 전개되었다. 한국에서는 첫 경쟁 사업으로 양 사의 자존심이 걸린 영업전략 싸움으로 이어졌다. 개발팀에서도 원샷 성공을 위한 완벽주의를 지향하게 되었다. 하지만 경쟁 사업의 결말은 정부기관에서 어느 쪽 손도 들어주지 못하여 장기표류 사업으로 남게 되었다. 양 사 모 두 그동안 투자한 손실을 그대로 떠안는 형국이 되었다. 그리고 장기간에 걸친 수주전의 영향으로 완벽주의 습관이 더 견고하 게 몸에 배어들었다.

　자본력이 부족한 중소기업에서 프로젝트의 실패는 곧 회사의 명운을 좌우하는 상황이었다. 　조직이나 근무 여건이 미흡한 상 태에서의 완벽주의 습관은 상당히 힘든 직장생활을 예고하고 있 었다. 개발 시제품이 완성되고 나서 충분한 시험을 할 수 있는 일 정이 안 되었다. 체계업체 개발 일정에 맞추기 위한 시험기관과의 시험 일정은 정해져 있어서 시험에 들어가야 했다. 시제품의 경우 개발과정에서 충분하게 시험을 거쳐서 환경시험에 들어간 제품들 도 예기치 못한 상황으로 단번에 통과하지 못하는 경우가 빈번하 다. 그런데 이번의 경우는 개발과정에서 거쳐야 하는 자체시험 과 정을 건너뛰고 업무를 추진해야 하는 것이었다. 이제까지 대기업 에서 해오던 업무 습관으로는 지나칠 수 없는 상황으로 내적 갈 등이 시작되었다. 습관적으로 위기감과 스트레스가 엄습해 왔으 나 이 상황을 이겨내야만 했다. 일정상 여유가 충분하지 않은 여 러 시험기관과의 시험을 일정 내에 합격선을 넘어 통과해야 했다. 어느새 완벽주의 습관이 긴박한 상황을 풀어나가기 위한 해결

방안을 정리해 나가고 있었다.

기존 인력들이 그동안 시험을 위해 준비해 온 내용을 세부적으로 파악했다. 시험을 위해 필요한 치구가 시험 용도에 맞게 설계 및 제작되지 않은 것들도 발견되었다. 시험에 들어간 일부 항목의 시험 결과에서도 에러가 발생하고 있었다. 현재의 문제점을 해결하기 위해서는 전문적 지식과 경험이 필요했다. 완벽주의의 습관 때문에 또다시 내적 갈등이 시작되었다. 전직 후 첫 시작부터 문제에 봉착하여 포기하기에는 자존심이 허락하지 않았다. 모든 수단과 방법을 강구해서 추진해 보자는 방향으로 선회했다. 시제품의 보완과 환경시험을 병행하여 추진했다. 시험 간 발생하는 에러는 관련 전문업체 및 전문가 인맥을 동원하여 하나씩 해결해 나갔다. 어려운 상황이 생길 때마다 힘들지만 하나씩 해결해 나가는 성취감이 생겨났다.

미국의 심리학자 윌리엄 제임스(William James)는 1892년에 다음과 같이 말했다.

"우리 삶이 일정한 형태를 띠는 한 우리 삶은 습관 덩어리일 뿐이다."

어떠한 계획이나 의도된 생각 없이 어떤 행동을 반복적으로 지속할 때 습관은 형성된다. 듀크 대학교 연구진이 2006년에 발표한 논문에 따르면, '우리가 매일 행하는 행동의 40%가 의사 결정의 결과가 아니라 습관 때문이었다.'라고 한다.

오랜 기간 회사에 다니면서 몸에 밴 습관은 가정생활에서는 장애물이 될 수 있다. 대기업 29년과 중소기업 7년의 직장은 가정의 소득원으로 성공적인 직장생활에 대한 감사함이 있어야 할 것이다. 하지만 회사 업무에 전념하면서 굳어진 습관은 가정생활에는 오히려 부담스러운 습관으로 작용하고 있다.

직장생활을 하는 동안 하루 24시간을 나누어서 보면, 직장생활을 위해 집에서 출발하는 시간부터 퇴근해서 집에 도착하는 시간까지 일반적으로 12시간 정도가 소요된다고 보자(여기서 삼성 신경영 이전의 직장생활은 제외하는 것이 타당할 것 같다. 그 당시는 계속되는 야근에다가 '월화수목금금'의 생활이었다). 물론 직장에서 회식이 잡힌 날은 더 소요될 것이다. 나머지 12시간도 나누어서 보면, 잠자는 데 약 7시간을 제외하면 약 5시간 정도 가정에서 생활하고 있던 셈이다. 이렇게 계산을 해보면 직장에서의 생활이 가정에서 보내는 시간보다 약 2.4배나 많다. 그리고 대부분이 가정에서 보내는 시간은 직장생활에서의 피로를 푸는 형태의 시간 보내기라고 할 수 있다. 이러한 사이클이 지속된 상태에서 은퇴하면, 하루의 시간을 가족과 함께 지낼 수 있는 새로운 습관을 만들어야 한다.

가정생활에 맞는 새로운 습관으로 바꿔나가야 하는데 쉽지 않다. 사사건건 사소한 트러블이 생기게 된다.

유성은·유미현 작가의 저서 『성공하는 사람들의 시간관리 습관』에는 영국의 정치가 처칠(Winston Churchill)의 얘기가 나온다. 처칠은 초등학교 때 공부에 흥미도 없었고 성적도 최하위였다. 주위 사람들은 아무도 멍텅구리 처칠이 자라서 세계적인 인물이 되리라 생각하지 못했다. 그러나 처칠은 초등학교 때 어떤 깨달음이 있어서 다음과 같은 세 가지 원칙을 정하고 꾸준히 실천했다. 첫째, 나는 반드시 하루에 5시간씩 책을 읽는다. 둘째, 나는 몸을 튼튼히 하기 위해 매일 2시간씩 운동한다. 셋째, 나는 아무리 기분 나쁜 일이 생겨도 마음 상하지 않고 늘 밝게 웃는다.

처칠은 매일 5시간씩 책을 읽어서 바보에서 천재로 변신할 수 있었다. 아무리 바빠도 매일 2시간씩 반드시 운동했다. 그러자 자기를 괴롭히던 친구들이 감히 덤벼들지 못했다. 전쟁 중에는 건강의 덕을 톡톡히 보았다. 처칠은 지치는 기색 없이 전쟁을 치를 수 있었다.

자신을 지켜주지 못하는 습관이 있다면, 율곡 선생의 말씀처럼 뿌리를 잘라내야 한다. 처칠은 어릴 적부터 자신의 약점을 깨닫고 강점화하기 위해 원칙을 정하고 꾸준히 실천했다. 글로벌 세상은 급속하게 변모해 가고 있다. 근로기준법이 주 52시간 근무, 육아를 위한 제도개선 등 근로자에게 피부로 와닿을 수 있는 내용으로 법이 바뀌었다. 부모 세대의 직장 모습과는 많이 다르다. 변해야 살아갈 수 있는 환경으로 바뀌었는데 자신만 모르는 것은 아닌지. 이제는 가정에서도 배우자와 함께 미래의 꿈을 그리며 살아가는 습관을 가져야 한다. 가정에서도 연간 목표를 수립하고 함께 목표를 이루어 가며 기쁨도 맛보고 작은 성취감을 느껴가며 살아야 한다. 이러한 모습이 우리들의 습관이 되어야 한다.

03

당연한 행동 하나하나가
곧 습관이 된다

인생은 하나의 실험이다.
실험이 많아질수록 당신은 더 좋은 사람이 된다.
— 랠프 에머슨

매일 아침이면 잠에서 깨어 새로운 하루를 시작한다. 상쾌한 기분으로 일어나게 되면 하루의 시작이 행복하다. 화장실에서 세면하고, 몸속의 찌꺼기를 배출하고, 그리고 거실에서 가볍게 스트레칭을 한다. 아침 식사 후 양치질을 하고 출근을 한다. 점심 식사 후 동료들과 아메리카노 한 잔을 마시게 된다. 이러한 행동은 생활하면서 자연스럽게 몸에 익숙해진 습관적 행동들이다. 어린아이 시절에는 부모의 행동을 보고 따라 하는 행동이 습관이 된다. 유치원이나 학교에 들어가면서 교사와 친구들과 함께 생활하면서 새로운 행동이 추가되고 그 행동은 습관이 된다. 부모의 모습이나 성장하면서 함께하는 사람들로부터 영향을 받아 자신의 습관이 형성되는 것이다.

습관은 반복적인 행동에 의해 이루어진다. 반복적인 행동은 자신의 뇌에 자리 잡게 된다. 자신의 뇌에 저장된 습관은 동일한 상황이 발생하면 자신도 모르게 반응하게 된다. 습관의 형성은 관심사가 바뀌거나, 주위에서 보는 시각을 의식하거나, 불편함을 느끼게 되거나 하는 데서 시작된다.

직장인은 출·퇴근 시 주로 자가용, 지하철, 버스를 이용하게 된다. 직장인이 자가용을 소유하는 데는 어떠한 요인이 있을까? 첫 번째는 자가용이 부와 지위를 나타내는 수단이었다. 필자가 전직한 시기에 자가용은 소위 잘나가는 사람들의 소유물 중 하나였다. 직장에서는 대기업 수준의 회사에 다니는 과장 이상의 직위에서 소유하는 특별한 물건이었다. 사원들도 자신이 승진하면 차를 살 것이란 기대를 한다. 자가용 소유가 일반화되면서 소유에 대한 인식은 바뀌었으나, 어떤 브랜드의 차를 소유하느냐 하는 것은 여전하다. 두 번째는 직장 업무에 필요한 수단으로 자리 잡게 되었다. 필자는 과장으로 승진하고 자가용을 구입했다. 외근 업무가 많은 것은 아니었지만, 승진하고도 직원들의 차를 함께 이용하는 것에 직원들의 시선이 좋지 않아 보였다. 세 번째는 활동의 자유를 위해 이용하게 된다. 카풀을 할 수 있는 직원이 있거나 회사 통근차가 있어도 퇴근할 때 시간을 맞추는 것이 어렵다. 그리고 휴일에 가족 나들이나 여행을 하기 위해서는 필수 수단이 되었다. 이러한 현상들은 주차난이라는 사회적 문제로 확산되고 있지만, 차를 소유하려고 하는 욕구를 막기에는 역부족이다.

자가용 소유에 대하여 습관이라는 관점에서 보자. 첫 번째는 부러움에 대한 관심사였고, 두 번째는 주위에서 보는 시각을 의식해서 차를 사야겠다는 마음을 갖게 되고, 세 번째는 생활에 불편함을 느끼게 되어 차를 사야겠다는 마음을 갖게 된다. 이렇게 자가용 소유라는 목표가 생기게 된다. 자가용 소유라는 욕구를 충족하기 위해 새로운 행동이 생겨나고, 그 행동은 습관이 된다. 차를 사야겠다는 욕구로 인해 차를 사기 위한 비용을 마련하려고 저축을 하게 된다. 저축하기 위해서는 다른 부분에서 절약해야 한다. 차를 사야 한다는 목표가 저축하는 습관과 절약하는 습관을 만들어가는 것이다. 이처럼 당연한 행동이 자신의 습관을 만들어간다.

아내가 쓸개에 엄지손가락 크기의 담석이 생겨서 쓸개를 절개하는 수술을 해야 했다. 수술 이후 우리 집 식단이 채소 위주로 바뀌게 되었다. 외식도 고깃집이 아닌 채식 위주의 식당으로 정한다. 그 시점으로 해서 필자의 몸무게도 3kg이나 감량되었고 현재까지도 계속 유지하고 있다. 아내는 식단에 올라오는 쌀, 채소 등

식품에 관심을 갖게 되었고 유기농 식품을 애용하게 되었다. 이사를 하게 되면 근처에 유기농 식품을 파는 가게가 어디 있는지 확인부터 하게 된다. 아내는 자동차 운전을 배우지 않았다. 그보다는 자전거 타기를 배워서 동호회에도 가입했다. 동호인들과 함께라면 먼 곳까지 힘들다 하지 않고 잘만 갔다 왔다. 그런데 자동차 운전은 겁이 나서 도저히 배울 수 없다고 한다. 그래서 아직 운전면허증이 없고 앞으로도 없을 것이다. 아내는 매일 1km 정도 떨어진 유기농 가게까지 걸어서 장을 보고 온다. 2km 정도 떨어진 백화점도 걸어서 다닌다. 아마 운전면허가 있으면 차를 사서 타고 다녔을 것이다. 지금은 허리가 안 좋아서 자전거도 타지 않고 있다.

건강 식단의 습관에 있어서 아내는 담석증 수술이 전환점이 되었다. 집에서 음식을 하기 위해 일반 시장에서 장을 보고 준비하던 습관은 수술 이후 유기농이라는 식품을 이용하는 것으로 바뀌어 완전히 다른 습관으로 태어났다. 아내의 행동 목표는 유기농 식품으로 음식을 만들어 먹는 것이 된 것이다. 집에서 가까운 거리에 일반 시장이 있다. 하지만 자신과 식구들의 건강을 지키려는 목표는 멀리 떨어진 유기농 가게까지 걸어서 장을 보고 식사 준비를 하게 한다. 이러한 행동은 당연한 습관이 되어 힘들다는 마음을 갖지 않게 한다. 운전면허가 없어서 어지간한 거리는 걸어서 다닌다. 걸어서 다니는 것이 자연스럽게 습관으로 자리 잡게 되었다.

유유상종이라고 아내 친구들도 차가 없어서 만나면 버스를 타고 이동하거나 걸어서 다니는 것을 좋아한다. 이처럼 당연한 행동이 자신의 습관을 만들어 간다.

하지만 좋은 습관만 형성되는 것은 아니다. 오히려 나쁜 습관이 더 빨리 익숙해지고 고치기는 더 어렵다. 작가 톰 콜리는 그의 저서 『습관이 답이다』에서 비참한 인생을 만들어내는 최악의 습관 10가지를 말하고 있다.

첫째, 도박. 가난한 사람 중 52%는 최소한 일주일에 한 번은 스포츠 도박을 하며, 77%는 매주 로또를 구입했다. 자수성가한 백만장자는 도박을 하지 않으며, 오직 자신의 꿈과 목표를 추구하는 습관을 만든다.

둘째, 과음. 가난한 사람들의 54%는 매일 두 잔 이상의 맥주나 와인, 혹은 다른 술을 마셨다. 백만장자 중 84%는 그보다 적게 마셨다. 더 나쁜 것은 가난한 사람 중 60%가 최소한 한 달에 한 번은 취한다는 점이었다.

셋째, 과도한 TV 시청. 가난한 사람 중 77%는 매일 1시간 이상 TV를 봤다. 자수성가한 백만장자 중 67%는 TV 시청 시간이 하루 1시간이 안 되었다. 페이스북, 트위터, 유튜브를 비롯해 새롭게 등장하는 SNS가 TV 시청을 대신하고 있다. 하지만 이 역시 가난해지는 습관이다.

넷째, 부정적인 태도. 가난한 사람 중 78%는 부정적인 태도를 지니고 있었다. 자수성가한 백만장자 중 54%는 긍정적인 태도를 가지고 있었다. 모든 것을 부정적으로 바라보면 인생에도 부정적인 것들이 더 많이 끼어든다. 그러면 뇌의 망상 활성계(RAS)와 해마는 생각과 부합하는 실체를 제공하려고 한다.

다섯째, 독서하지 않기. 가난한 사람 중 92%는 배움을 위한 독서를 하지 않았다. 책을 읽는 사람 중 79%는 오락적인 책을 읽었다. 인생에서 성공하고 싶다면 매일 자기계발을 위한 독서에 힘써야 한다.

여섯째, 해로운 사람들과 어울리기. 가난한 사람 중 단 4%만이 성공 지향적인 사람들과 친분이 있었다. 96%는 부정적이고 해로운 사람들과 어울려 지냈다.

일곱째, 하나의 소득원. 가난한 사람들은 소득원이 하나다. 달걀을 한 바구니에 담고 있는 것이다.

여덟째, 인생 무계획. 가난한 사람 중 95%는 인생 계획이 없었다. 장기적인 목표가 없다면 가을날 정처 없이 휘날리는 낙엽과도 같다.

아홉째, 버는 돈보다 더 많이 쓰기. 가난한 사람 중 95%는 저축을 하지 않았으며, 대부분은 생활비 때문에 빚을 지고 있었다.

열째, 가난해지는 건강습관. 가난한 사람 중 77%는 운동을 하지 않았다. 97%는 매일 300kcal 이상의 정크푸드를 먹었다. 69%

는 일주일에 3~4회 패스트푸드점에서 식사를 했다.

　우리가 여기서 습관을 논의하는 이유는 좋은 습관을 형성하자는 것이지, 나쁜 습관을 형성하자는 것이 아니다. 필자는 톰 콜리 작가의 최악의 습관 10가지를 다음과 같이 분류해 보았다. 잘못된 관심사 4가지(도박, 과음, 과도한 TV 시청, 독서하지 않기), 잘못된 주위에서 보는 시각 의식 3가지(부정적인 태도, 해로운 사람들과 어울리기, 하나의 소득원), 불편함을 못 느끼기 3가지(인생 무계획, 버는 돈보다 더 많이 쓰기, 가난해지는 건강습관). 좋은 습관을 형성하기 위해서는 최악의 습관을 역으로 바꾸는 습관을 형성하도록 해야 할 것이다. 좋은 관심사 갖기 연습, 주위에서 보는 시각을 좋은 면으로 돌려서 보기, 불편한 상황을 인식하고 개선된 상황으로 전환할 수 있는 습관을 길러야 한다.

04
익숙한 습관에서
벗어나는 경험을 하라

하나의 새로운 습관이 우리가 전혀 알지 못하는
우리 내부의 낯선 것을 일깨울 수 있다.
— 생텍쥐페리

지난해 1월부터 시작된 코로나19 예방을 위해, 한국에서는 'K-방역'과 '사회적 거리두기' 방역지침을 통해 잘 대응하고 있다고 홍보하고 있다. 하지만 2차 확산, 3차 확산으로 기간이 장기화되면서 국민의 인내심이 한계를 나타내고 있다. 백신 개발로 인해 세계 각국에서 접종이 시작되었다. 한국에서도 2월 26일부터 접종을 시작했는데 상황이 나아지지 않고 있다. 3~4월에 최악의 4차 대유행이 올 수 있다고 하니 심히 걱정스러울 따름이다.

백신 접종을 시작하고도 예상과는 달리 신규 확진자가 급증하는 것으로 나타났다. 미국에서는 백신 접종을 시작한 지난해 12월 15일 신규 확진자는 약 20만 명이었지만, 12월 18일에는 약

25만 명으로 증가했다. 그리고 올해 1월 8일에는 30만 명 이상으로 최고점을 찍었다. 지난해 12월 8일 세계 최초로 백신 접종을 개시한 영국도 약 1만 2,000명이던 확진자가 꾸준히 증가해 1월 8일 약 6만 800명까지 급증했다. 12월 19일 접종을 시작한 이스라엘도 2,000명대이던 신규 확진자가 1월 20일 약 1만 명까지 급증했다.

기본적인 인간의 행동 습관은 모임을 통한 인간관계를 유지하는 것이고, 실내·외 활동을 통해 정서적 안정과 스트레스를 해소하는 것이 몸에 배어있다. 그런 면에서 코로나19는 인간의 인내심을 시험해 보는 계기가 되고 있다. 방역 당국에서 5인 이상 집합 금지와 사회적 거리두기를 강조하고 있지만, 장기간에 걸친 피로도는 인간의 인내심을 넘어서고 있다. 익숙한 습관은 코로나19를 계기로 억제하려고 해도 일정 시점이 지나 결국 옛 습관의 행동으로 돌아오게 되어 있다.

직장을 옮기지 않고 한 회사에서 정년까지 근무할 수 있다는 것은 복권 당첨과 같은 일이다. 지난 1월 취업포털 〈인크루트〉와 알바앱 〈알바콜〉이 직장인 1,831명을 대상으로 '첫 직장 재직 여부'를 조사한 결과에 따르면, 응답자의 87.6%가 첫 직장에서 퇴사한 것으로 집계되었다. '재직 1년 미만' 퇴사자 비율이 30.6%로 가장 높다. 자세히 살펴보면 '재직 6개월 이내' 퇴사자는 15.4%, '재직 7~12개월 이내'는 15.2%인 것으로 조사됐다. 여기에 '재직 1년 이상~ 2년 미만' 퇴사자는 29.7%, '3년 미만' 퇴사자는 15.4%로 집계되었다. 3년 안에 퇴사한 비율이 무려 75.6%, 신입사원 4명 중 3명이 3년 안에 첫 직장에서 퇴사했다는 것이다.

첫 직장에서 개발 프로젝트가 완료되자 개발인력 중 일부만 연구소에 남고 나머지 인력은 생산지원을 위해 부서 이동을 하게 되었다. 1년여에 걸친 노력으로 무사히 초도 양산품을 성공리에 납품할 수 있었다. 그러나 성취의 기쁨은 잠시, 후속 프로젝트 사업이 연결되지 않아 프로젝트를 담당했던 인력들의 업무조정 작업에 들어갔다. 원거리에 있는 사업부 파견인력을 선발해야 하는데 자원자가 나오지 않았다. 모두 현 위치의 직장에서 계속 근무하기를 원하지 일부러 고생길을 자원할 이유가 없는 것이다. 이것은 변화를 싫어하는 인간의 본능적인 행동이다. 당시 프로젝트의 책임자 위치에 있었던 연유로 직원들의 부담을 안고 가야겠다고 판단하고 자원하게 되었다. 첫 번째 익숙한 습관에서 벗어나는 경험은 이렇게 시작되었다.

파견은 동일 회사 내에서 이루어지는 업무조정이다. 사업부가 다르지만 회사 문화가 같고 직원 간의 동질감이 형성되므로 업무를 하는 데는 어려움이 없었다. 함께 파견된 인원들은 기간 중 주말부부를 하게 되었다. 반년이 지나면서 파견 기간이 끝나도 본사로 복귀할 수 있다는 보장이 없는 여건이었다. 파견 인원들은 나름대로 경력자 채용공고를 확인하며 전직의 기회를 엿보게 되었다. 그러던 중 동료가 거주지에서 가까운 지역에 채용공고가 나왔는데 함께 가보자고 했다. 사실 그때는 대리 3년 차로 다음 해 승진 연수가 되어 전직하기에는 부적절한 시기였다. 그러나 파견 인원에 대한 이점도 못 느끼고 오랜 기간 주말부부 생활도 힘겨운 상태여서 같이 면접을 보러 가게 되었다.

전직을 하게 되었고, 두 번째 익숙한 습관에서 벗어나는 경험을 하게 되었다. 전직을 하게 된 회사에서는 다수의 프로젝트가 추진되고 있었다. 사업 분야는 유사한 특수 업종이었지만, 파견 업무와는 달리 경력직원으로 새로운 회사에서 새로운 문화에 적응해야 했다. 새로운 업무를 파악하고 경력자답게 일을 해야 했으며, 새로운 사람들과의 인간관계를 잘 유지해 나가야 했다. 새로운 상사 및 팀원과의 유대감을 갖고 일을 추진하는 데 긴장감을 늦출 수가 없었다. 경력 연수도 부담으로 다가왔다. 면접 시 승진 관련 보장을 요구했어야 했는데 생각이 미치지 못했다. 이렇게 한 번 시점을 놓치고 나면 기회도 사라지고 갑과 을의 위치가 바뀌게 된다. 회사는 그룹의 계열사이므로 사업본부 단위로 조직이 변경되었다. 동일 장소, 동일 업무를 하면서 회사명이 여러 번 바뀌게 되었다. 회사 내에서 사업본부 단위로 민수업무와 특수업무가 나누어지고 동일 회사 조직에서 통합 운영되는 시스템이다. 한 조직 내에서 민수와 특수의 시너지 효과를 창출해 내기도 한다.

세 번째 익숙한 습관에서 벗어나는 경험을 하게 되었다. 판교에 연구소 건물을 신축하여 사업본부별로 운영하는 연구소를 한 곳으로 통합하여 운영한다는 것이다. 연구소 통합 운영방침에 의거 각 사업본부에서는 연구소 인원들을 판교 신축 연구소로 이동하는 방안을 수립하게 되었다. 요점은 판교로 가지 않고 남아야 하는 인원을 선정하는 것이었다. 지방에서 근무하던 연구소 인원이 판교로 이동하기 위해서는, 기존 업무분석을 통해 생산 지원업무에도 차질이 없도록 잔류인원이 있어야 했다. 그리고 여건상 판교로 가지 못하는 인원도 있을 수 있음으로 조사해서 업무를 재분장하는 것이었다. 정년이 몇 년 안 남은 시점에서 마음에 갈등이 일어나고 있었다. 가족과 협의해 본 결과 이사비용 등을 지원해 주니 수도권에서도 살아보자는 것으로 의견을 모았다. 순조롭게 연구소 통합 작업이 이루어지고 일부 업무에 영향을 주는 부분이 있었으나 통합에서 오는 시너지 효과가 더 크게 작용했다. 그리고 3년 후 명예퇴직을 하게 되었다.

고(故) 삼성그룹 이건희 회장은 1993년 6월 프랑크푸르트에서 사장단과 임원을 불러놓고 다음과 같이 말했다.

"마누라와 자식만 빼고 다 바꿔라."

"변할 사람은 변하고 변하지 않는 사람은 남의 뒷다리를 잡지만 말아라."

삼성 신경영의 시작을 알리는 선언이었다. 굳어버린 고정관념을 버리고 양 위주에서 질 위주의 경영을 하기 위한 특단의 조치를 내린 것이었다. 익숙한 습관에서 벗어나기 위한 이건희 회장의 혁신적인 사고와 노력의 결과로 삼성그룹은 세계 일등기업으로 성장하게 되었다.

사람의 습관은 익숙해지면 좀처럼 바꾸기가 쉽지 않다. 가장 많은 예를 드는 것이 담배다. 필자가 직장생활을 시작할 때는 사무실에서 자유롭게 담배를 피웠다. 자판기에서 커피를 내리고 책상으로 들고 온다. 책상 위에 놓인 일회용 커피잔은 재떨이 대용으로 사용하기에 적합한 물건이었다. 담뱃재가 책상 위, 주변 할 것 없이 어지럽게 날려도 당연한 것으로 생각하던 시기였다. 이후 담배가 건강에 좋지 않다는 사회 여론이 조성되면서 흡연자를 위한 담배 피울 수 있는 장소를 별도로 지정하게 되었다. 흡연자는 담배를 피우기 위해 흡연 장소로 가야 하는 불편을 겪어야만 했다. 흡연하는 습관이 사회생활에도 영향을 주었으며, 흡연자들은 금연해야겠다는 마음을 먹게 되었다.

흡연자는 매년 초가 되면 올해는 금연하겠다는 목표를 세우지만, 작심삼일인 경우가 많다. 또한 흡연 장소가 점점 축소되는 불편함이 있어도 여전히 담배 피우는 사람은 있다. 이와 같이 좋은 습관이든 나쁜 습관이든 익숙해지면 바꾸기가 쉽지 않은 것이다. 이러한 습관에서 유연해지기 위해서는 스스로 변화를 모색해야 한다. 익숙한 습관에서 벗어나 새로운 경험을 해봄으로써 어떤 상황에서도 적응할 수 있는 습관을 길러야 한다.

05

당신은 누구보다
당신을 잘 알고 있다

당신의 마음을 사로잡는 것을 당신이 만들어라.

− 생텍쥐페리

"여러분은 자신의 습관을 제대로 알고 관리하고 있습니까?"

삶의 변화와 변화에 적응하려는 습관은 계속해서 따라다녔다. 중학교 시절 부모님이 지인 연대보증을 한 것이 잘못되어 가정이 한순간에 추락하는 경험을 했다. 다시 가정을 일으켜 세우는 데는 약 10년이 걸렸다. 이러한 과정을 겪으면서 직접 몸으로 체험하고 극복해야 했다. 나와 관련되는 일에는 아무리 사소하게 보여도 '돌다리도 두들겨 보고 건너라.'라는 속담처럼 깊이 생각하고 신중하게 행동하는 습관으로 자리 잡았다. 직장이든 일상이든 생활하면서 항상 긴장을 늦추지 않았다. 사전에 발생할 수 있는 상황을 예측하고 대비해야 한다는 생각을 계속했다.

'당신은 당신 자신을 얼마나 잘 알고 있는가?'라고 하는 것은 '당신이 무의식적으로 하는 행동들, 즉 일상적으로 하는 습관을 얼마나 잘 알고 있는가?'라고 바꾸어 말할 수 있다. 습관은 반복적인 행동으로 형성 된다. 반복적인 행동이 습관이 되면, 반복적인 행동을 하던 환경에 의해 무의식적으로 행동에 나타나게 된다. 아침에 일어나면 물을 한 모금 마신다든가, 세면을 한다든지, 아침 식사를 하고, 양치질하고 나서 직장 출근 시간에 늦지 않도록 집을 나서는 행동들 모두가 반복적인 행동의 결과로 무의식적으로 행하고 있는 습관이다. 직장에서는 직장 선배나 업무교육으로 새로운 습관을 배우게 된다. 이러한 습관의 형성은 좋은 습관과 나쁜 습관을 구분하여 익히게 되는 것이 아니다. 오히려 좋은 습관보다는 나쁜 습관이 더 빨리 형성된다.

작가 BJ 포그는 저서 『습관의 디테일(TINY HABITS)』에서 '습관을 만드는 7단계 행동 설계'를 말하고 있다.

1단계, 열망을 명확히 한다. 변화하고 싶다면 원하는 바를 구체적으로 그려라.

2단계, 행동 선택지를 탐색한다. 할 수 있는 행동은 생각보다 많다. 목록을 쓰라.

3단계, 자신에게 적합한 구체적인 행동을 찾는다. 포커스 맵으로 황금 행동을 찾는다.

4단계, 적절한 자극을 준다. 좋은 습관과 짝을 이룰 일상의 자극은 무엇인가.

5단계, 아주 작게 시작한다. 작을수록 쉽고 재밌다. 행동을 쪼개고 나누어라.

6단계, 성공을 축하한다. 과도하게 축하하라. 축하는 습관의 영양분이다.

7단계, 반복하고 확대한다. 작은 습관을 반복하면 놀라운 변화가 일어난다.

대학을 졸업하고 입대하면서 논산훈련소에서 훈련을 받게 되었다. 매번 훈련하면서 예비 동작을 취한다고 지적을 받거나 얼차려를 받는다. 논산훈련소에서 훈련받을 때 조교들이 많이 시키는 것이 선착순이다. 아무리 눈치 빠르게 예비 동작을 취해도 꼴찌는 아니지만 뒤에서 몇 번째 한다. 빨리 신속하게 하기 위한 예비 동작은 환경에서 살아남기 위한 본능적인 습관이다.

회사에서는 프로젝트 관리자로서 한 치의 실수도 하지 않으려는 강박관념이 자리 잡고 있었다. 직원들보다 일찍 출근해서 업무 정리를 한다. 퇴근 시에도 다음 할 일을 미리 정리하면서 빠진 것은 없는지 다시 확인해 보고, 수시로 변경된 업무내용이 없는지 확인한다. 직원들과 회의하면서 해야 할 일을 지시도 하고 신규 업무에 대하여 토의하여 업무를 배분한다. 이러한 업무 습관은 사전에 조치할 수 있으면 먼저 해야 한다는 선 추진 습관에 의한 것이다.

사람의 마음은 하루 오만가지 생각을 한다. 그리고 매일 어떠한 선택이나 결정을 하며 살아간다. 그 과정은 원초적인 욕구에서부터 후천적으로 길러진 양심이나 도덕적 가치관을 가지고 판단을 한다. 마지막에 밖으로 표현되는 행동은 자신이 성장해 오면서 몸에 익힌 습관에 의해 마음속에서 판단하고 표출하게 된다.

작가 게오르크 롤로스의 저서 『내가 생각하는 내가 진짜 나일까?』에는 열 개의 방이 나온다. 첫 번째 방은 통제의 방, 두 번째 방은 열등감의 방, 세 번째 방은 결핍의 방, 네 번째 방은 오만의 방, 다섯 번째 방은 죄책감의 방, 여섯 번째 방은 부정의 방, 일곱 번째 방은 저항의 방, 여덟 번째 방은 탐욕의 방, 아홉 번째 방은 혼란의 방, 그리고 열 번째 방은 무기력의 방이다. 작가는 어떤 방에 깊숙이 들어갈수록 우리의 감정과 행동은 극단으로 흐르기 쉽다고 한다. 오직 지금, 이 순간이 삶의 가장 중요한 순간이라고 하고 있다.

자가용을 관리하다 보면 여러 가지 불미스러운 일이 발생하게 된다. 주로 주차 문제에 의해 발생하게 되는 것 같다. 신차를 구입하고 얼마 지나지 않았는데 조수석 쪽 문짝에 스크래치가 생겨있다. 누군가 신차에 대한 열등감이 생겨서 하게 되는 습관적인 행동이라고 본다. 출근 시에는 혼자 타게 되므로 조수석 쪽을 살펴보지 않는다. 배우자가 조수석에 타려고 할 때 확인하게 된다. 기분이 나쁘지만 어쩌겠는가. 누가 했는지 확인도 안 되는데, 마음속은 열 받지만 시중에 파는 스크래치 제거제를 사서 조치하는 것이 전부다. 회사는 물론 주택이나 식당 등 주차 문제는 심각하다. 이중 주차하게 되는데 차를 빼기 위해 이중 주차된 차를 밀고 당기는 과정에 범퍼가 손상되기도 한다. 또 좁은 공간에서 주차하거나 차를 빼서 나오는 과정에 앞 범퍼나 뒤 범퍼가 접촉하는 사고가 발생하게 된다. 이러한 접촉사고는 서로 피해보상을 요구하기에도 껄끄럽다. 그래서 기분이 상하지만 손해 보는 마음으로 넘어가는 경우가 많다. 필자의 자가용 앞 범퍼와 뒤 범퍼에는 이러한 흔적이 많이 있다. 스크래치 제거제로 손을 써보고는 그냥 타고 다니게 된다.

직장이나 일상생활에서 자신을 꾸준히 관리하는 원칙을 세우기로 했다. 이를 위해 일곱 가지 이미지 관리 항목을 설정하고 실천해 왔다.

첫째, 첫인상이 모든 것을 결정한다. 첫인상은 소통의 시작으로 한 번 잘못 보이면 쉽게 바뀌지 않는다.

둘째, 표정이 외모보다 중요하다. 사람은 외모보다 표정에 의해 판단된다. 얼굴에 미소 짓는 연습을 한다.

셋째, 자존감을 갖고 행동한다. 자신을 아낄 줄 알아야 상대방도 아낄 줄 안다.

넷째, 긍정적인 마음으로 신뢰를 구축한다. 긍정적인 마음의 소유자라야 받아들일 수 있는 마음의 여유를 갖게 되고 상대방에게 신뢰를 준다.

다섯째, 자신감이 있어야 설득력이 있다. 자신감 있는 모습은 상대방에게 무언의 설득력을 준다.

여섯째, 열등감을 버리고 자기 일을 즐긴다. 열등감은 자기 일을 즐기는 데 방해가 된다. 휴지통에 넣어서 영구 삭제한다.

마지막으로 상대방을 존중하는 마음을 갖는다. 상대방의 단점보다는 장점을 찾고 존중하는 마음으로 대한다.

매년 설 명절, 추석 명절 그리고 연말연시가 되면 직원들뿐만 아니라 외부 고객과 지인들에게 메일, 문자나 카톡으로 안부를 전달하는 것이 습관이 되었다. 특히 연말에는 몇몇 지인에게는 우체국 연하카드를 사서 직접 손으로 연말연시 인사말을 적고 보냈다. 이러한 사소한 소통은 퇴직 후에도 이어졌다. 업무와 연관이 없었지만 꾸준한 소통은 상대방과의 신뢰로 이어진다.

미국의 강철왕 앤드루 카네기는 "우리가 무엇을 생각하고 있는지 아는 것이 중요하다. 당신이 생각하는 것이 당신을 만든다. 즉 우리는 자기 생각을 바꿈으로써 인생을 바꿀 수가 있다."라고 말했다.

우리는 각자에게 부여된 사명을 띠고 지구별에 왔다. 사명을 완수하기 위해 당신이 하고 있는 습관을 제대로 알아야 한다. 습관이 형성되는 데는 좋은 습관 나쁜 습관 따지지 않는다. 오히려 좋은 습관은 쉽게 바뀌지만 한 번 잘못 형성된 나쁜 습관은 쉽게 바뀌지 않는다. 한 번 익힌 습관은 뇌에서 없어지지 않는다고 한다. 뇌의 어느 구석에서 잠자고 있다가 익숙한 상황이 발생하면, 잠자고 있던 습관이 잠에서 깨어난다는 것이다. 좋은 습관을 익히기 위해서는 자신의 삶에 기준이나 원칙을 갖고 생활해야 한다. 필자는 직장이나 일상생활에서 자신을 꾸준히 관리하는 습관을 지켜오고 있다. 당신은 어떤가? 지금이라도 당신의 생활에 원칙을 세워보고 좋은 습관을 익혀가며 당신의 생활을 즐기기 바란다.

내 삶이 행복해지는
습관의 발상이 필요하다

출발하게 만드는 힘이 동기라면
계속 나아가게 하는 힘은 습관이다.
– 짐 라이언

가족사진을 찍기 위해 사진관을 찾아간다. 사진기사는 가족의 모습을 보고 행복한 이미지를 줄 수 있도록 여러 가지 자세를 주문한다. 그리고 빠지지 않고 하는 얘기가 있다.

"여기 카메라를 보고 웃으세요! 김치~!"

이 말은 지금, 이 순간부터 가족에게 행복하게 살아가도록 해주는 주문이다. 세상이 너무 빨리 변하고 있어 그 속도를 따라잡을 수가 없다. 학생은 학생대로 공부한다고 찌들고, 직장인은 직장에서 스트레스를 받아 속상한 마음이 표정에 나타난다. 즐겁고 행복하게 살아가야 하는 사람들의 얼굴에서는 웃음기가 사라졌다. 그래서 평소 웃음 띤 얼굴을 하는 것이 어색하기만 하다.

"당신의 삶에서 즐거움과 행복의 차이를 느껴보셨나요?"

살아가면서 즐거움을 느끼는 것은 행복으로 가는 과정이다. 즐거움이 모여서 행복한 삶으로 이어진다. 행복한 삶을 원한다면 일상에서 즐거움을 느끼는 습관을 갖고 있어야 한다.

우리에게는 삶이 행복해지는 습관의 발상이 필요하다. 작가 닐 피오레가 쓴 『내 시간 우선 생활습관』에서 제시하는 전략은 말에 집중한다는 것이다. 말하는 방식이 스스로 어떻게 느끼며 행동할지를 결정하는 태도와 믿음을 보여준다. 동기부여의 말도 위협하듯 하면 부정적 반응과 불안을 일으킨다. 예를 들면

첫째, '해야 한다.'라는 스트레스가 담겨있는 말이다. 내 의지와 상관없이 남들이 이래라저래라한다는 의미가 있다. 이 말에 내포된 의미에 대처하려면 뇌는 동시에 두 가지의 상반되는 상황을 처리해야 한다. 주어진 일을 처리하는 데 필요한 힘은 물론 자신에 대한 위협에 저항할 힘도 만들어내야 한다. 그러나 인간은 한꺼번에 두 가지 방향으로 힘을 발휘할 수 없고, 동시에 두 가지 문제에 집중할 수 없다. '해야 해.'라는 말이 주는 혼돈 때문에 정신적, 육

체적, 정서적으로 꼼짝 못 하고 매여 있게 된다. 이러한 상황을 전환하기 위해서는 '내가 선택해.', '내가 결정해.', 또는 '내가 할게.'라는 말로 자유롭게 선택할 수 있도록 하면 된다.

둘째, '원래 이래야 해.'라는 좌절감을 심어주는 말이다. 이 말 역시 비생산적인 목표를 설정하게 하고, 남을 부러워하게 하며, 현재야 어떻든 미래만 갈망하게 하는 부정적인 효과를 낳는다. 이런 말은 자기 비판적인 비교의식을 낳는다.

우리가 비난이 아닌 결과에 집중하는 자기 암시의 말, '해야 한다.'가 아닌 '선택한다.'라는 자기 암시의 말, '이래야 한다.'가 아닌 '이렇다.'라는 자기 암시의 말을 사용하기 시작하면 앞으로 벌어질 일에 대한 부정적인 생각에서 벗어나 몸과 마음이 긍정적인 힘을 발휘할 수 있다. 긍정적인 도전을 하는 사람들이 사용하는 다섯 가지 용어가 있다.

첫째, 이것을 선택하겠어.

둘째, 언제 시작할까?

셋째, 작은 일부터 하나하나 차근차근하면 돼.

넷째, 인간이니 실수할 수도 있어.

마지막으로 놀 시간을 꼭 내야지라고 하는 것이다.

명품 프로젝트가 양산으로 이관되자 프로젝트에 참여했던 개발인력의 업무조정이 시작됐다. 여유 인력을 해소하기 위해서 신규 프로젝트를 창출해야 했다. 명품이 고객에게 인도된 후 운용 실적에 대한 데이터 수집, 분석하는 업무내용의 신규 프로젝트를 계획했다. 프로젝트 창출 과정은 순탄치 않았지만, 다행히 프로젝트 내용의 진의를 알고 있는 고객의 후원으로 프로젝트 창출에 성공할 수 있었다.

신규 프로젝트는 이제껏 해오던 업무 방법과는 달리 아무도 해본 경험이 없기 때문에 모험이 뒤따랐다. 그러나 이 프로젝트는 고객의 요구에 의해서 '해야 한다.'라는 것이 아니다. 업무조정이 요구되는 시점에서 팀원이 토의해서 '하겠다고 선택'한 프로젝트다. 이제껏 해오던 프로젝트처럼 '원래 이래야 해.'가 아닌 프로젝트를 제안한 팀원이 '이렇다.'라는 것을 창출해서 제시하는 것이다. 그래서 팀원들은 프로젝트에 대해 긍정적인 도전을 해야만 했다. 우선 업무를 세분화하고 하나하나 차근차근해 나가면서 팀원의 사기를 진작시켰다. 프로젝트 진행 과정은 순탄치 않았다. 현장에서 초기 데이터 수집하는 것도 힘든 과정이지만, 분석하고 결과를 내는 과정 하나하나 고객의 신뢰를 얻어야 하는 것이다. 초기 데이터 수집만 갖고는 고객을 만족시킬 수 있는 분석 내용이 미흡했다. 하지만 사람이 하는 일인데 한 번에 만족이 안 되면 두 번, 세 번 하면 된다는 마음을 먹었다. 팀원과 함께 긍정적으로 프로젝트를 추진해 나갔다. 프로젝트 일차 종료 시까지도 분석된 내용평가는 미흡했다. 그러나 일차 종료 후 데이터 수집, 분석 프로젝트는 이차, 삼차 계속되어 데이터가 많이 쌓여야 성과가 나온다고 고객을 설득했다. 결국 프로젝트는 계속되었고 성과가 서서히 나오기 시작했다. 필자가 퇴직 후에도 프로젝트는 계속되었다. 특히 명품을 수출하는 데 있어서 바이어와 협상 시 프로젝트에 대한 성과가 진면목을 나타냈다. 현재 명품은 유럽, 아시아, 호주 등 세계 각국으로 수출되고 있다.

많은 사람이 신앙생활을 하며 살아간다. 믿음을 갖고 있다는 것은 그 자체로 힘이 된다. 주위를 보면 운명, 사주를 보는 철학관이나 타로가 여전히 성행하고 있다. 부모는 자녀가 대학에 입학한다거나 취업, 결혼 등 중요한 계기가 되는 시점에 용하다는 철학관에 가서 자녀의 운세를 보고 온다. 젊은 연인이나 싱글인 친구들이 모여서 길을 가다 타로 하는 사람이 있으면 자신들도 보고 싶은 충동을 느낀다. 기존 신앙과 상관없이 한 번쯤 들어가서 자신들의 운세를 보게 된다. 작가 웬디 우드가 쓴 『해빗』에 농구선수 마이클 조던 얘기가 나온다.

약 30년 전까지만 해도 길고 헐렁한 농구 반바지 패션은 그리 주목을 받지 못했다. 하지만 '역사상 가장 강력한 공격 무기' 마이클 조던이 노스캐롤라이나 대학교의 청색 반바지를 유니폼 안에 입고 다니면서 이 패션은 하나의 아이콘이 되어 신드롬을 일으켰다. 그에겐 모교의 반바지를 입고 경기를 뛰면 슈팅 성공률이 더 높아진다는 자신만의 리추얼이 있었다. 다소 민망한 이 미신을 감추기 위해 그는 언제나 자신의 치수보다 훨씬 큰 헐렁한 반바지를 입고 코트에 나왔다. 이제 그런 반바지는 어디서나 볼 수 있다. 미신에서 시작된 이 우스꽝스러운 복장을 전 세계 젊은이들이 따라 하고 있는 꼴이다. 조던에게는 특별한 의미가 있는 행위였을지 몰라도, 적어도 그 모습을 그대로 따라 한 젊은이들에겐 모방 외에는 아무런 의미가 없는 패션이었다. 하지만 수많은 사람이 조던처럼 반바지 입기를 반복하자 새로운 의미가 생겨났다. 반복은 이렇게 힘을 얻는다.

이처럼 마이클 조던은 모교의 반바지를 입는다는 미신적인 행동을 함으로써 경기를 잘할 수 있다는 믿음을 갖게 되었다.

3인의 석공 이야기는 여러 책에서 인용되는 예화이다. 내용은 다음과 같다.

성당을 짓는 공사 현장을 지나가던 사람이 세 명의 석공에게 "무슨 일을 하고 있습니까?"라고 물었다. 첫 번째 석공은 "돈을 벌어야 해서 돌을 깨고 있습니다.", 두 번째 석공은 "가족의 생계를 위해 일을 하고 있습니다.", 세 번째 석공은 "성스러운 성당을 짓는 데 사용할 돌을 다듬고 있습니다."

석공들은 같은 일을 하면서도 서로의 마음속에 생각하는 내용은 달랐다. 세 번째 석공이 행복한 삶을 살고 있다는 것을 누구나 알 수 있다.

우리의 삶에서도 행복해지는 습관의 발상을 할 수 있어야 한다. '해야 한다.'가 아닌 '선택한다.', '원래 이래야 해.'가 아닌 '이렇다.'라는 자기 암시의 말을 사용하면 된다. 마이클 조던처럼 미신적 행동을 통한 믿음의 발상으로 행복해지는 습관을 가질 수도 있다. 그리고 3인의 석공처럼 똑같은 일을 하더라도 생각의 발상을 달리하여 행복해지는 습관으로 이어질 수도 있다. 아파서 병원에 가면 의사가 약을 지어준다. 우리는 그 약에 대해 잘 모르지만, 그 약을 먹고 나서 나았다고 생각한다. 이처럼 다양한 방법으로 플라세보 효과를 거둘 수가 있다. 당신이 하는 반복적인 습관적 행동에서 플라세보 효과를 찾아보고 삶이 행복해지기를 바란다.

07
인생 방정식을 재구조화하라

|

아무리 작은 일이라도 정성을 담아 10년간 꾸준히 하면 큰 힘이 된다.
20년을 하면 두려울 만큼 거대한 힘이 되고,
30년을 하면 역사가 된다.

– 중국 속담

필자가 대기업에 입사했을 때는 많은 사람이 부러워했다. 부모
님은 그동안 자식 농사하면서 힘들었던 몸과 마음을 홀가분하게
내려놓을 수 있었다. 이처럼 부러움을 사던 시절은 이제 20여 년
이전의 모습으로 사라졌다. 필자는 대학 졸업하고 대기업에서 29
년간의 직장생활을 했으며, 퇴직하고 나서도 중소기업에서 7년간
의 직장생활을 할 수 있었다. 지금은 3포세대(연애, 결혼, 출산 포기)
를 넘어 N포세대(3포세대+내 집 마련, 인간관계+꿈, 희망+…)라고 한다.
그 사이에 무슨 일이 있었던 것인가?

베이비부머 세대는 자식들 교육에 앞뒤 쳐다보지도 않고 모든

것을 걸고 집중해온 부모의 습관적인 행동 하에 성장했다. 군 복무를 마치고 대학을 졸업한 베이비부머 세대는 건실한 직장에 취업할 수 있었다. 그래서 부모가 자신에게 해준 것처럼 또 자기 자식들의 교육에 열과 성을 다하는 반복적인 습관의 행동을 하게되었다. 자녀들을 자신의 성공 그 이상의 결실을 성취하기를 바라는 압박감을 받으며 살아왔는지도 모른다.

지금은 대학을 졸업하고도 취업을 하지 못해 부모에게 얹혀살거나, 경제적으로 독립하지 않고 부모와 함께 사는 자녀들이 늘어나고 있다. 이를 신조어로 '캥거루족'이라고 한다.

야마다 마사히로 교수는 "일본 사회가 저성장 국면으로 접어들면서 취직이 어려워지고 소득이 줄자 부모에게 기생하는 젊은이들이 늘어났다."라고 지적했다. 이렇게 부모와 동거하는 미혼 자녀를 '패러사이트 싱글(Parasite Singles)'이라 명명했다.

미국이나 유럽 등 서양에서는 자녀가 만 18세가 되면 부모에게서 독립한다. 성인으로 독립된 생활을 하고 학비도 스스로 벌어서 내는 것이다. 그러나 2008년 금융위기를 전후해 부모에게 의존하는 젊은 층이 늘고 있다.

영국에서는 부모의 퇴직연금을 축내는 자녀를 '키퍼스(Kippers)', 캐나다는 직장 없이 이리저리 떠다니다 집으로 돌아오는 자녀를 '부메랑 키즈(Boomerang kids)', 호주는 '마마호텔(Mama Hotel)'이라는 신조어가 생겨났다.

이처럼 세계 각국에서도 부모가 자식을 위하는 뿌리 깊은 습관은 크게 다르지 않다. 주위를 돌아보면 자식 교육과 관련하여 세부적이고 구체적인 수많은 '성공 프로세스' 속에 생활하고 있다. 주위의 수많은 '성공 프로세스'를 따라 자식 교육을 하는 것이 부모 역할을 다하고 있다고 생각했다. 부모가 자식에게 '성공 프로세스'대로 제대로 해주지 못할 경우는 자식에게 잘못하고 있다는 미안한 마음을 갖게 되었다.

부모는 자식을 위한 일이라면 '그렇게 해야 하는 거 아닌가? 자식이 잘되기 위해서는 그 정도는 해야지.'라고 생각하면서 생활해 왔다. 이제까지 그렇게 생각했다 해도 그건 부모 잘못이 아니다. 이와 같은 방정식이 유용하고, 전문가들은 과학적 증거를 기반으로 자식 교육을 위해서는 필수 요소라고 말하고 있다.

그러나 이것은 인생 방정식의 한쪽 면만을 보게 된다는 것이 문제다. 주위의 부모에게서 정보를 얻고 자기 자식들만 뒤떨어지면 안 된다고 생각하게 된다. 그리고 전문가들도 여러 가지 사례를 들고 한몫을 한다. 그래서 부모는 생각이 습관적으로 한쪽 면에 갇히게 된 것이다. 부모가 자식 교육과 관련하여 관여하는 습관은 계속되고 있다. 이러한 습관적 행동이 이루어지는 이유는,

생각이 상식을 가리고 있기 때문이다. 이제까지 자식 교육과 관련하여 부모가 알고 있다고 생각한 것들을 내려놓아야 한다. 모든 일이 부모가 생각하고 있는 것처럼 결과가 이루어지지 않는다는 사실을 떠올려 보라. 그러면 새로운 생각이 비집고 들어올 공간이 생긴다. 스스로 잘하고 있다고 생각했던 것들을 내려놓을수록 서로에게 더 큰 자유를 주게 되며, 더 많은 것이 변화하게 된다. 부모가 자식 교육을 잘하려고 하는 이유는 결국 더 나은 삶에 대한 기대 때문이다.

자영업을 하는 친구는 딸 둘을 시집보내고 나서도 전전긍긍하고 있다. 큰딸의 사돈 집안은 시어머니 되시는 분이 안 계시고, 친구 집안보다 다소 못하다고 했다. 비슷한 수준의 집안에 시집가기를 바랐지만, 결혼이라는 것은 부모 마음대로 되는 것이 아니다. 사위는 착실하게 일을 하며 장인·장모에게 친근하고 인간미가 좋다고 한다. 어느 집안이나 그렇겠지만 철없는 딸이 살아가는 것이 안쓰럽다고 한다. 집에 오면 갖고 갈 물건이 없나 하고 이것저것 만져보다가 돌아갈 때는 엄마에게 달라고 했다. 손녀가 태어나자 손녀 돌보는 일이 걱정되었고, 또 이것저것 해주게 되었다. 얼마 전에는 사위가 대출도 받고 회사에서 퇴직금 중간정산 받고 영끌하면서 집을 사고 이사를 했다. 큰딸이 이사하면서 이전 사용하던 가전제품을 모두 새것으로 바꿨다는 것이었다. 멀쩡한 가전제품이고 친구네 집에 있는 것보다 새것인데 이사 가면서 바꾼다고 하니 어이가 없다는 생각이 들게 된다.

　작은딸은 자신이 다니는 회사와 관련된 만남으로 알게 된 남자와 결혼했다. 사돈은 부부가 공무원 계통의 일을 하다 정년퇴직 했다고 했다. 시어머니 되는 분이 깐깐하셔서 작은딸이 썩 마음에 들지 않은 듯했다. 몇 번 의견충돌도 있었던 것 같았다. 걱정이 태산이지만 사위가 적극적으로 작은딸 편을 들고 있어서 다행이라고 한다. 친구 아내는 자주 작은딸 시어머니의 전화를 받게 되는데 한번 통화하면 두 시간이 기본이라고 했다. 약자 편이라는 마음으로 전화를 받는 것이 썩 좋지는 않다고 했다. 작은딸이 허니문 베이비를 갖게 되었는데, 임신 기간을 채우지 못하고 조산을 하게 됐다. 이번에는 손녀 키우는 문제로 마음이 아프다고 했다. 작은딸 건강이 좋지 않아 건강 회복이 필요했다. 사돈과 사위에게 얘기해서 일주일 허락받고 집에 데리고 왔는데, 다음날 사돈이 손녀를 못 보겠다고 포기했다고 한다. 작은딸은 애를 보러 간다고 했다.

　오히라 미쓰요 작가는 일본 효고현에서 출생했다. 외동딸로 태어나 부모 사랑을 받으며 자랐다. 그러나 중학교 1학년 때 전학을 갔는데 학교에서 이지메(집단 따돌림)를 당하고는 참지 못해 할복 자살을 기도했다. 가출해서 비행 청소년들과 어울렸다. 엄마의 돈을 빼앗기도 하고, 엄마를 때리기도 했다. 16세 때는 야쿠자 보스와 결혼을 했고, 등에 문신을 하기 위해 강제로 부모의 승인을 받아내기도 했다. 결혼생활이 재미가 없어서 이혼하고, 고급 클럽에서 호스티스 생활을 했다. 그러던 그녀에게 운명적인 만남이 이루어졌다. 아버지의 친구인 오히라 히로사부로를 만나게 되면서 그녀의 인생이 바뀌기 시작했다. 친구분은 미쓰요를 만나 끈질긴 설득을 시도했다. 미쓰요는 친구분에게서 마음에 전율을 느끼는 한마디를 듣게 되었다. 마음을 열기 시작한 그녀는 과거를 정리하고 공인중개사 시험공부를 했다. 힘든 고비를 넘기고 시험에 합격하게 되면서 자신감을 얻었다. 법무사 시험에 도전하여 합격하고, 법무사로 일하면서 부모님과 화해를 했다. 사법고시를 보기 위해 긴키대학 법학부에 입학하고는 사법고시에 최종 합격했다. 죽음을 앞둔 아버지는 오히라에게 딸을 부탁하게 되었고, 오히라 미쓰요가 되었다. 작가가 되면서 『그러니까 당신도 살아』라는 책을 출간했는데 일본에서 260만 부가 팔렸다. 이 책에서 오히라 미쓰요는 말했다.

"포기해서는 절대로 안 돼요. 한 번밖에 없는 소중한 인생이니까."

이제까지 당신이 어떻게 살아왔는지는 중요하지 않다. 오로지 행복한 삶, 성공한 삶을 꿈꾸며 살아왔을 것이다. 미국의 철학자 윌리엄 제임스는 "생각이 바뀌면 행동이 바뀌고, 행동이 바뀌면 습관이 바뀌고, 습관이 바뀌면 성품이 바뀌고, 성품이 바뀌면 운명이 바뀐다."라고 말했다. 당신의 생각을 바꾸게 되면 행동이, 습관이, 성품이, 그리고 운명이 바뀌게 된다. 이것이 인생 방정식이다. 당신의 인생 방정식을 확인하고 재구조화하는 습관을 길러야 한다. 사회는 양극화 현상으로 소수의 사람만이 경제적 부를 이루고 있다. 이제 당신의 인생 방정식을 확인해 보고 최초 입력값인 생각을 어떻게 바꿔야 하는지 고민하라. 그러면 마지막에 운명이 바뀔 것이다. 당신의 성공한 모습으로 인생 방정식을 재구조화하라.

PART 2

성공하려면
습관부터 바꿔라

양극화,
다르게 생각하고 습관화하라

이미 끝나버린 일을 후회하기보다는
하고 싶었던 일을 하지 못한 것을 후회하라.
− 탈무드

지난 2월 19일 5시 55분(한국시간) 미국항공우주국(NASA)은 로버(이동형 탐사 로봇) '퍼서비어런스'호가 화성 착륙에 성공했다고 밝혔다. 1997년 미국 최초로 화성에 도착한 로버였던 '소저너' 이후 5번째 로버이다. 지난해 7월 발사된 화성 탐사선 트리오 중 아랍에미리트(UAE)와 중국에 이어 미국까지 화성 도착에 성공한 것이다. 영어로 인내라는 뜻의 퍼서비어런스는 지난해 7월 30일 지구를 떠나 6개월 반 동안 총 4억7,000만㎞를 비행했다. 스티브 주크지크 NASA 국장 직무대행은 "코로나바이러스 감염증까지 겹친 모든 어려움 속에서 놀라운 성과를 이뤘다."라고 평가했다. 마이크 윗킨스 제트추진연구소장도 "이번 착륙 성공은 장차 화성의 인간 거주를 위한 길을 열 것"이라고 말했다.

베이비부머 세대의 자녀들은 3포세대(연애, 결혼, 출산 포기)를 넘어 N포세대(3포세대+내 집마련, 인간관계+꿈, 희망+…)에 갇혀있다. 대학을 졸업해도 안정적인 직장에 취업하기 힘들다. 경제적인 어려움은 청년이 된 자녀들의 꿈을 빼앗아 가고 있다. 베이비부머 세대들은 대학을 졸업하고 취업하면서 중산층 생활을 할 수 있었다. 그러나 청년이 된 자녀들은 취업이 어려워 중산층에서 멀어지고 있다. 이러한 현상은 미국과 유럽 등 세계 각국에서도 볼 수 있다. 마우로 기옌 작가의 저서 『2030 축의 전환』에서 경제협력개발기구(OECD)가 멕시코, 미국, 그리고 몇몇 유럽 국가들의 자료를 기준으로 2018년에 진행한 한 연구의 결론을 다음과 같이 말했다.

"젊은 세대가 중산층으로 들어가는 길이 점점 더 어려워지고 있다. 이전 세대들이 새로운 세대들에 비해 노동 시장의 변화나 저소득의 위험으로부터 보호받고 있기 때문이다. 베이비 붐 세대 이후 중간 정도 수입이 있는 계층은 세대를 거치면서 계속 줄고 있다."

코로나19로 인해 직업은 업종별로 더욱 빠르게 양극화가 이루어지고 있다. 기존의 대면 업종은 추락하고 비대면 업종은 급격한 상승세를 타고 있다.

경제 상황은 갈수록 어려워지고 있다. 최저임금 생활비에 허덕이는 근로자와 최저임금 인상에 따른 소상공인과 자영업자의 어려움이 커지고 있다. 폐업하는 소상공인과 자영업자가 늘어나고, 실업자가 양산되고 있다. 재난지원금이 지급되고 있으나, 단돈 몇 푼이 아까워서 끼니를 거르는 사람들이 늘어나고 있다. 복지 사각지대에 놓여있어 재난지원금의 혜택을 못 받는 사람들도 있다. 제4차 재난지원금 대책이 논의되면서 국가부채는 큰 폭으로 증가하고 있다. 이러한 현실적인 충격이 피부에 와닿지 않는 것은 여전히 진행 중인 코로나19에 가려져 있어서 이다.

이 와중에 한국의 국회의원은 연봉을 2,000만 원 인상하려고 하고 있다. 청와대 국민청원에는 최저임금 인상률보다 높은 14%. 셀프 인상을 즉각 중단해 달라는 국민청원이 올라와 참여 인원이 24만 명을 넘어섰다. 국민청원에 실린 내용 마지막 글이 인상적으로 다음과 같다.

"봉사직으로 모든 권위 의식을 내려놓고 오직 국민을 위해 일하는 서구 선진국들의 국회의원 모습을 좀 보고 배우셨으면 합니다. 매번 해외 선진정책들을 보고 온다고 해외만 나가면 뭐하십니까. 왜 저런 본받을 모습들은 외면한 채 외유성 해외 출장만 하시는지 알 수가 없군요. 제발 정신 차리시길 바랍니다."

반면에 코로나19의 특수를 누리고 있는 게임업체에서는 '개발자 쇼티지(품귀현상)'로 인해 개발인력 모셔가기 전쟁이 벌어지고 있다. 2월 25일 한국경제신문에 다음과 같은 내용의 뉴스가 실렸다.

"한 번에 2,000만 원" 사상 초유의 연봉 인상…'쩐의 전쟁'

게임회사 크래프톤은 매월 '크래프톤 라이브 토크'를 연다. 온·오프라인 사내 소통 프로그램이다. 장병규 크래프톤 이사회 의장, 김창한 대표 등이 회사 현안을 설명하는 자리다. 25일에는 김 대표가 마이크를 잡았다. 김 대표는 "개발직군 연봉을 일괄 2,000만 원 인상한다."라고 발표했다. 이날 직장인 익명 커뮤니티 서비스인 블라인드의 게임라운지(게임사 직장인이 모두 볼 수 있는 게시판)도 순식간에 달아올랐다. '와우!' '파격적이다.' '부럽다.' '우리 회사는 뭐 하나?' 등의 글이 쏟아졌다.

세상은 급격하게 변모해 가고 있고, 양극화 현상은 갈수록 심각해지고 있다. 이러한 시기에 다르게 생각하고 실행하지 않으면 퇴보하게 된다. 누가 일부러 양극화를 만들어가고 있는 것은 아니다. 세상의 물결이 그렇게 흘러가고 있는 것이다. 그러므로 우리는 세상의 물결이 흘러가는 상황을 받아들여야 한다. 그렇다고 세상의 물결에 빠져 허우적거리고 있으면 안 된다. 인간은 어려운 환경이 닥치면 벗어나려고 하는 지혜와 용기를 갖고 있다. 필자가 대학 시절 읽은 책으로 헤르만 헤세 작가의 『데미안』에는 다음과 같은 내용이 나온다.

"새는 알에서 나오려고 투쟁한다. 알은 세계이다. 태어나려는 자는 하나의 세계를 깨트려야 한다."

우리는 양극화의 물결이라는 세계에서 나오려고 투쟁해야 한다. 그 세계를 깨트리고 나오면 승자가 될 수 있지만, 그렇지 못하면 주저앉게 되고 자신의 나약한 내면의 틀에 갇히게 된다. 전 경제 부총리 겸 기획재정부 장관을 지낸 김동연 작가는 저서 『있는 자리 흩트리기』에서 '창살 없는 삼중감옥'을 얘기하고 있다.

"이 감옥은 내게 주어진 모든 제약이자 어려움의 이름이다. 때로는 어쩔 수 없는 상황에 꼼짝달싹 못 하고 갇혀 있다는 생각이 들 것이다. 이 감옥을 어떻게 바라보고 어떻게 깨고 나오느냐에 따라 우리 인생의 결과가 달라진다."

김동연 작가가 얘기하는 삼중감옥은 다음과 같다.
첫 번째 감옥은 '나를 둘러싸고 있는 환경'이다. 나의 의지와는 상관없이 태어나면서부터 마주치는 첫 번째 감옥이다. 어떠한 환경도 자신이 그것을 어떻게 바라보고 어떻게 극복하느냐에 따라 좋은 자산이 되기도 하고 반대로 인생을 옥죄는 굴레가 되기도 한다.

두 번째 감옥은 '자기 자신의 틀'이다. 내가 갖고 있는 사고방식, 습관, 가치관, 어떤 일을 당했을 때 무의식적으로 나오는 반응 같은 것들이다. 자기 자신의 틀이라는 감옥을 깨고 나오는 것은 결국 '자기중심'을 잡고 '자기다움'을 찾는 문제다.

세 번째 감옥은 우리가 몸담고 있는 '사회를 움직이는 게임의 룰'이라는 감옥이다. 어떤 사회든 구성원을 움직이는 나름의 보상 체계를 갖고 있다. 우리를 둘러싸고 있는 '사회의 틀'이라는 거대한 감옥을 깨기 위해서는 우리 모두의 참여가 필요하다. 우리 젊은이들부터 사회의 틀을 바꾸려는 시도를 자기 주변에서부터 해야 한다.

김동연 작가는 삼중 감옥에서 스스로 빠져나와야 한다고 하고 있다. 감옥의 열쇠는 자신의 손에 쥐어 있기 때문이다. 이러한 삼중 감옥에서 빠져나와 성공한 유명인들을 당신도 잘 알고 있다. 미국 ABC방송에서 〈오프라 윈프리 쇼〉를 진행하는 오프라 윈프리, 애플사의 창업자이며 CEO를 지낸 스티브 잡스, 세계 최고의 우주 물리학자 스티븐 호킹 등 많은 인물을 찾아볼 수 있다. 양극화에 의한 변화의 물결 속에서 자신의 처지를 비관하거나 좌절하는 나약한 마음에서 벗어나야 한다. 지금부터 다르게 생각하며 실행하고 습관화하면 된다. 한국도 2월 26일부터 코로나19 백신 접종을 시작했다. 겨울이 되면 세계가 코로나19에서 벗어날 것이다. 당신도 움츠린 마음에서 벗어나 새봄을 맞이해야 한다.

02
습관을 이겨내기 위한
집중력을 높여라

자신을 이기려는 의지가 없는 삶은
도움을 주어도 소용이 없다.
– 앤드루 카네기

　코로나19의 영향은 삶에 커다란 변혁을 가져왔다. 소상공인과 자영업자들은 한순간에 장밋빛 인생에서 바닥으로 떨어지고 있다. 반면에 언택트 기업에는 더 큰 기회의 장으로 변했다. 사람들이 집콕 생활로 인해 생활방식이 비대면으로 이루어졌다. 또한 집콕 생활로 인해 늘어난 무료한 시간은 게임을 하거나, 넷플릭스, 유튜브 등 온라인 매체 이용으로 보내고 있다. 학교는 온라인 수업으로 바뀌고, 기업은 재택근무가 늘어났다. 이처럼 바뀐 생활은 익숙한 습관에서 새로운 습관을 요구했다. 새로운 습관에 적응해야 하는 혼란스러운 환경은 삶의 집중력을 떨어뜨렸다.

한문이 정규교과 과목이었다. 천자문을 사서 외우던 기억이 새롭다. 신문에도 한글이 뜻을 전하는데 부족한 말은 한자가 그대로 실렸다. 취업하고 나서도 보고서 작성 시 한문을 병행하여 사용했다. '정신일도 하사불성(精神一到 何事不成)'이란 사자성어가 있다. '정신(精神)을 한 곳으로 하면 무슨 일인들 이루어지지 않으랴.' 라는 뜻으로, 정신(精神)을 집중(集中)하여 노력(努力)하면 어떤 어려운 일이라도 성취(成就)할 수 있다는 말이다. 공부하다가 잡념이 생기고 집중이 안 되면 이 말을 되뇌며 집중했다. 중·고등학교 시절 책상 앞에 표어처럼 붙여놓고 쳐다보면서 공부했다.

대학 생활을 시작하면서 기독교를 알게 되었다. 고모부가 목사로 계신 교회 사택의 다락방에서 생활하게 되면서 교회 신앙생활을 하게 된 것이다. 성경을 읽고, 새벽기도를 나가고, 주보를 만들고, 유년부 주일교사를 하고, 교회의 여러 행사에 참여했다. 고모부를 따라다니면서 부흥회 참석, 간증 등 기독교 신앙생활 중심으로 대학 3년간의 다락방 생활을 보냈다. 대학 4년을 앞두고 졸업 후 계획을 설계하면서 학교 근처에 있는 고시원에 들어가 생활했다. 주인 부부가 고시를 준비하는 학생 중심으로 하숙집 겸 고시원을 운영했다. 식사 시간이 되면 고시원생들이 모여서 식사를 하고 정보를 교류할 수 있었다. 주말에는 머리도 식힐 겸 고모가 계신 교회에 오전 예배를 다녀왔다. 나머지 시간의 대학 4학년을 책과 씨름하며 보냈다.

작가 제임스 클리어는 저서 『아주 작은 습관의 힘(ATOMIC HABITS)』에서 '골디락스 법칙(Goldilocks Rule)'을 설명하고 있다.

골디락스 법칙이란, 어렵지만 관리 가능한 수준의 도전을 뜻한다. 인간은 자신이 할 수 있는 적합한 일을 할 때 동기가 극대화되는 경험을 한다는 것이다. 지나치게 어려워서도 안 되며 지나치게 쉬워서도 안 된다. 딱 들어맞아야 한다. 골디락스 법칙을 실현한 마틴의 코미디 인생을 예로 들었다. 그는 자신의 코미디 레퍼토리를 늘려나갔는데, 단 1분이나 2분 정도씩만 늘렸다. 그는 늘 새로운 소재를 덧붙여 나갔지만 웃음을 확실히 끌어낼 수 있는 몇 가지 유머는 그대로 유지했다. 무대에 설 종기를 계속 유지할 정도로 성공하되 일이 어렵다고 여겨질 만큼만 실수하는 것이다.

사람들이 계획을 세우면서 실수하는 것은 처음부터 과도한 목표를 설정한다는 것이다. 산을 오르기 위해서는 자신의 체력에 맞게 중간에 쉬기도 하며 한 걸음씩 나아가야 한다. 앞서가는 사람을 쫓아가기 위해 무리하게 체력을 사용하면 정상까지 못 가서 낙오하게 된다. 산을 오르면서 무엇을 보고 느꼈는지를 물으면 숨이

차게 땅만 쳐다보고 올라갔다고 한다. 보통 사람들이 산을 오르는 목적은 산에서 좋은 느낌도 받고, 경치도 구경하면서 올라가게 되면 체력단련은 덤으로 얻게 되는 것이다. 동료보다 조금 늦더라도 자기 페이스를 유지하면서 올라가는 것이 중요하다. 그다음 정상에 도착했을 때 갖게 되는 성취감은 다시 또 목표를 세워 도전할 수 있는 원동력이 된다. 자기계발 계획을 세우면서 골디락스 법칙을 적용하여 자기 페이스대로 한 단계씩 전진해 보자.

목표를 향해 지속적으로 다가가기 위해서는 집중력을 높여야 한다. 집중력을 지속하기 위해서는 그 원리를 알고 반복적인 행동으로 습관화해 나가야 한다. 예를 들어 골프는 홀마다 설계된 정해진 타수가 있다.

첫째, 자기 페이스를 만들어야 한다. 골프 약속을 하면 가기 전에 연습장에 가서 연습하게 된다. 골프는 14개 이하의 클럽을 가지고 치는데 클럽마다 자기 페이스에 맞게 연습을 해야 한다. 연습을 너무 많이 하게 되면 오히려 다음날 역효과를 볼 수가 있다.

둘째, 자기 페이스를 유지해야 한다. 홀 이동 시마다 마음속으로 다음 홀의 코스를 그려보면서 자신이 골프공을 치는 것을 상상한다. 티 그라운드에 올라가기 전에 실제 골프공을 치는 것과 같이 자세를 취하고 스윙을 해본다.

셋째, 자기 페이스를 복구한다. 18홀을 돌다 보면 자기 페이스를 잃어버리는 경우가 있다. 집중력이 떨어지거나 홀을 돌면서 실수했던 것이 자꾸 마음에 걸려 실수를 반복하게 된다. 자기 페이스를 복구하려면 연습장에서 연습한다는 자세로 돌아가야 한다. 그리고 어드레스부터 스윙까지 순서대로 동작을 예행연습한다.

집중력을 높이기 위해서는 마음속으로 다짐해 보는 것도 중요하다. "다음 홀에서는 실수하지 않겠어."라고 마음을 먹으면 또 다른 실수를 부르게 된다. "다음 홀에서는 연습하듯이 해야지."라고 말을 해보라. 마음에 집중해야 할 것은 잘못된 행동을 안 하는 것이 아니라 원하는 행동을 하도록 마음에 그려야 한다.

샘 혼 작가는 저서 『집중력, 마법을 부리다』에서 진정한 몰입에 이르러 삶의 질을 높이기 위해서는 자신의 T.I.M.E.(생각 Thoughts, 관심 Interest, 순간 Moments, 감정 Emotions)을 잘 관리해야 한다고 말한다.

군 시절 본부포대에서 근무하고 있었는데, 북쪽에서 미그-19 전투기를 몰고 휴전선을 넘어 귀순해오는 사건이 발생했다. 북쪽과 긴장감이 고조되면서 상부로부터 '실전 같은 훈련'을 하라고 지시가 떨어졌다. 예하포대에 있는 장비들은 한국전쟁 시 미군으로부터 인계받은 장비들로 사용법에 대한 교육 훈련을 실시하면서 한 번도 작동 버튼을 눌러본 적이 없다. 한 예하포대에서 훈련 교관이 매뉴얼에 의해 교육 훈련을 하다가 마지막 작동 버튼을 누르는 단계에 왔다. 상부로부터 '실전 같은 훈련'을 하라는 지시가 있었고, 교육장 내부는 긴장감이 감돌고 있었다. 훈련 교관은 마지막 단계를 가르치고 있었다. "이 작동 버튼을 누르면 미사일이 발사됩니다."라고 하는데 이미 손가락이 작동 버튼을 누르고 있었다. 미사일이 굉음을 내며 작동에 들어갔다. 갑작스러운 굉음에 훈련 교관과 교육생들은 온몸이 새파랗게 질려 돌아가는 상황에 넋이 나갔다. 미사일이 발사대를 떠나가고 있었다. 그 순간 훈련 교관이 정신을 차리고 "이 버튼을 누르면 자동 폭파됩니다."라고 하면서 자폭 버튼을 눌렀다. 다행히 미사일은 발사대를 떠나고 나서 바로 자동 폭파되어 지상으로 떨어졌다.

집중력이 높아지기 위해서는 잡념에서 벗어나야 한다. 마음에 안정을 해치는 잡념을 물리쳐야 한다. 공부하거나 일을 하면서 마음 한구석에 자리 잡고 있던 크고 작은 일들이 떠올라 집중력을 방해하게 된다. 집중력은 이러한 잡다한 생각을 뿌리치고 공부나 일에 집중할 수 있는 정신 상태를 말한다. 예하포대 훈련 교관은 상부로부터 '실전 같은 훈련'의 지시를 받고 정신력이 집중된 상태였다. 교육생들에게 실전과 같은 훈련을 한다는 일념으로 교육에 집중했다. 일순간 긴장된 마음으로 인해 건너뛰어야 하는 '작동 버튼'을 눌렀다. 그러나 집중하고 있던 정신력은 바로 '자폭 버튼'

을 눌러야 한다는 생각에 미치게 되었다.

프로는 자신에게 무엇이 중요한지 알고 목표를 향해 꾸준히 집중력을 발휘한다. 프로젝트를 추진하면서 하나씩 목표를 이루어 나가다 보면 계속 성취의 기쁨을 볼 수 있다는 믿음을 갖게 된다. 프로젝트를 추진하면서 나타나는 요인들이 쉽게 해결할 수 있는 것만은 아니다. 장애 요소가 나타나더라도 넘어서야 한다는 습관으로 계속 해결방안을 찾아보게 된다. 프로젝트를 성공적으로 해내는 유일한 방법은 장애 요소를 해결해 가며 그 매력에 빠져야 한다. 분명한 목표의식만 있다면 누구나 몰입의 즐거움을 느끼면서 해결해 갈 수 있을 것이다. 꾸준한 집중력을 발휘하여 프로의 길로 들어서야 한다.

03
성공이나 기회도
습관의 변화와 함께 온다

반복적으로 하는 일이 곧 나를 만든다.
그렇다면 뛰어난 미덕은 하나의 행동이 아니라 하나의 습관이다.
– 아리스토텔레스

'꿈의 조합' 박찬호-박세리-박지성, 레전드들의 특급 만남!

지난 2월 14일 MBC 새 예능프로그램 '쓰리박 : 두 번째 심장'
으로 한국 스포츠 레전드 박찬호, 박세리, 박지성의 역대급 만남
이 성사되었다. 그들은 자신에게 주어진 기회를 놓치지 않았다.
한국을 떠나 해외 무대에서 실패를 두려워하지 않는 도전 정신으
로 오직 성공만을 바라보았다. 그들이 이룬 성공은 한국에 있는
국민에게 희망과 용기를 주었다. 대한민국 최초의 메이저리거이자
영원한 코리안 특급 박찬호, 아시아 최초로 LPGA 우승을 거머쥐
며 명예의 전당까지 입성한 박세리, 그리고 한국인 최초의 프리미

어리거 축구계 레전드 박지성. 이들이 악전고투 끝에 새로운 역사를 만들어냈던 영광의 순간은 국민들의 가슴 속에 '할 수 있다'라는 희망을 싹틔웠다. 이제 세 명의 레전드는 은퇴 후 각각 골프, 요리, 사이클에 도전하는 새로운 인생 2막을 펼치고 있다. 새로운 도전을 시작한 국민 영웅들의 '리부팅 프로젝트'를 응원해 본다.

의학박사에서 개발자, 기업가, 그리고 정치인으로 변신을 거듭하며 자신을 성장 시켜 나가는 유명인사가 있다. 현재 국민의당 당 대표로 있는 안철수 대표이다. 의사로 일과 병행하면서 컴퓨터 바이러스를 퇴치하는 백신 프로그램을 개발했다. 안 대표는 현재에 만족하고 현실에 안주하는 것을 더 위험하다고 생각한다. 적극적으로 변화를 시도하고 성공할지 실패할지의 두려움보다는 매 순간 최선을 다한다. 백신 무료보급을 위해 '안철수컴퓨터바이러스연구소'를 설립했다. 안 대표는 백신 프로그램의 지속적인 개발이 대단히 가치 있는 일이라는 것을 알았다. 또한 소프트웨어 산업의 발전에 대한 믿음도 있었다. 창업 후 기업가로 성장하며 회사명을 '안철수연구소'로 변경했다.

2013년 서울에서 무소속으로 국회의원에 당선되면서 정치에 입문하게 되었다. 6년간 정치개혁을 목표로 최선을 다했으나 결과적으로 실패했다. 2020년 더 나은 미래를 꿈꾸기 위해, 낡은 정치 바이러스를 잡기 위해 다시 도전했다.

습관의 변화가 있어야 성공이나 기회도 주어진다. 습관 변화의 중요성을 보여주는 두 가지 사례가 있다.

첫 번째, 프로젝트가 종료되어 인력조정 시기에 동료들과 벤처기업 창업에 합류한 대학 후배가 있다. 창업 초기 서로의 역할을 나누어 업무를 수행했다. 회사가 조직을 정비하고 미래 방향을 계획하는 가운데 서로 의견이 달랐다. 후배는 함께 할 수 없다고 판단하고 자기 업무를 갖고 독립하기로 했다. 이후 뜻에 맞는 지인과 벤처기업을 창업하기로 했다. 지인과는 지분 참여 조건으로 창업 멤버로 창업하게 되었다. 처음에는 후배의 관리 영역에서 매출 성장을 보이다가, 지인의 관리 영역에서도 매출이 크게 성장하였다. 회사의 매출이 커지면서 지인은 회사 규모 정리가 필요하다고 여기고 분할을 시도했다. 후배는 회사가 성장하는 과정에 적극적으로 지분 참여를 하지 못했다. 지인의 회사 분할 요구에도 독립할 준비가 안 되어 있었다. 결국, 지인은 후배가 관리하는 영역에서 분할이 가능한 일부 영역만을 분할 독립하기로 했다. 후배는 회사 내에서의 지분도 축소되고, 관리 영역도 줄어들면서 창업 멤버의 지위가 위축되었다.

후배는 직장생활을 하면서 평범한 생활을 벗어날 수 있는 변화의 기회를 잡으려 했다. 자신의 업무에서 기술을 배우려고 노력을 했다. 그에 따른 부서에서의 성과도 나타났다. 기회가 오자 동료들과 벤처 창업의 길로 합류했다. 하지만 자신이 가고자 하는 생각과 다르게 움직였다. 결국, 자신이 생각하는 비전을 이루기 위해 동료들과 헤어졌다가 다시 뜻을 같이하는 지인을 만나 함께 창업했다. 창업 초기에는 원래 근무했던 직장의 도움을 받아 성장의 기틀을 마련할 수 있었다. 이후 지인의 영업 수완으로 회사가 번창하면서 성장해 가는 가운데 후배는 자신의 포지션의 크기를 키우지 않았다. 포지션이 작아지더라도 독립회사가 아닌 지인과의 협업을 유지하는 방향으로 선택한 것이다. 그다음 결과는 시간이 말해 줄 것이다.

두 번째, 상업계 고등학교를 졸업하고 기술직 업종의 회사를 운영하는 고향 갑장이 있다. 갑장은 고향을 떠나 타지에서 삶의 터전을 잡기 위해 상업계가 아닌 기술 직종에 발을 들여놓게 되었다. 자신이 선택한 기술 직종에서 발전 가능성으로 보고 자격증을 취득했다. 관련 업종의 사람들과 인맥을 넓혔으며, 기술력과 탁월한 영업 수완으로 회사 성장에 많은 기여를 하게 되었다. 회사에서 능력을 인정받아 지역본부 지사장의 직책을 맡게 되었다. 그리고 갑장은 기술력을 갖고 벤처기업 창업이라는 더 큰 꿈을 꾸며 착실히 준비해 나갔다. 지사장의 직책을 맡아서는 거래 관계 회사와 신뢰를 두텁게 쌓아갔고, 영업영역 확장으로 회사 매출 성장을 이어나갔다. 직원들과도 개인적 신뢰를 쌓도록 노력했다. 핵심은 창업비용을 어떻게 해결할 것인가였다. 수년간의 검토과정을 거치면서, 창업에 참여하겠다는 직원들과 함께 벤처기업을 설립했다. 참여 인원이 예상보다 많아 창업 초기 운용자금에 어려움을 겪게 되었다. 자신의 경영 능력을 시험한다는 것으로 받아들였다. 여러 차례 위기를 가족의 도움과 직원들의 협조를 받아 가며 극복해 나갔다. 지금은 관련 업종의 틈새를 파고들며 우수한 기술력을 바탕으로 견실한 업체로 성장해 가고 있다.

갑장 친구는 상업계 고등학교를 나왔으나, 금융업종이나 장사의 길을 가지 않았다. 고향을 떠나 공단지역에 자리를 잡으면서 기술 직종에서 자신의 미래 비전을 보았다. 단호하게 자신이 배워온 길과는 다른 변화를 선택했다. 다시 기술을 익히기 위해 관련 공부를 하고 자격증도 취득했다. 전문 기술 회사에서 착실하게 자신의 비전을 쌓아갔다. 그의 목표는 자신의 독립회사를 창업하고 비전을 실천해 가는 것이었다. 친구는 기회를 엿보며 서두르지 않고 기다렸다. 하지만 창업 시기와 비용 문제 해결을 동시에 할 수 없었다. 결국 창업 시기라고 생각되자 기회를 놓치지 않으려는 습관이 작동하게 되었다. 초기에 몇 번의 비용 측면 위기를 겪었지만, 성공을 위한 기회를 잡아야 한다는 열정과 도전으로 위기를 극복할 수 있었다.

2010년 서울에서 G20 정상회의가 열렸다. 미국 오바마 대통령이 폐막 기자회견을 하면서 기자들의 곤혹스러운 질문 공세를 받던 중 한국 기자들에게 질문 기회를 주었다. 질문이 없자 반복적으로 질문을 하라고 요청했으나 한국 기자들은 아무도 손을 들지 않았다. 믿기지 않는 일이 발생한 것이다. 이 얼마나 얼굴이 화끈거리는 장면이었던가? 질문 기회를 받기도 무척이나 어려운데 질문 기회를 부여받는 특혜를 날려버리다니!

이 이야기는 한국 교육의 단면을 보여주는 것으로 사회에 나와서도 습관 변화에 대한 의지가 없어서 이런 결과가 발생하고 있다. 교사나 직장 상사 등 위에서 시키는 일에 능숙하고, 질문에 원칙적인 대답만 하는 인재로 키워지는 교육을 받아왔기 때문이다. 기자 중 한 사람이라도 상상을 할 수 있었다면 혹시나 하는 마음의 준비를 했을 것이다. 그런데 그렇다 하더라도 그 기자가 손을 들고 질문을 할 수 있었을까? 하는 것에는 또 의문이 간다. 질문 내용이 잘되면 칭찬을 받겠지만, 수준이 낮은 질문으로 비웃음을 사게 되지 않을까를 먼저 걱정하지 않을까 하는 생각이 드는 것은 왜일까?

만일 당시 한국 기자가 자신이라고 생각해 보자. 언제든지 유사한 경우는 발생할 수 있다. 너무 잘하려는 강박관념에 사로잡혀 주저하거나, 남에게 웃음거리가 될까 봐 머뭇거리다가 기회는 남에게 돌아간다. 성공이나 기회는 준비된 사람에게 주어지는 축복이다. 타인의 수준으로 자신의 목표를 잡으면 타인보다 동등 이상의 수준이 될 수 없다. 자신에게 어떠한 성공이나 기회가 있을 수 있는지 생각하고 준비하는 자세로 자기계발을 실천해야 한다. 자신의 업을 구체적으로 분석하고, 업보다 한 단계 높은 수준에서 준비하고 자신의 습관에 변화를 주어야 한다.

04
좌뇌와 우뇌를
모두 활용하라

생각할 수 있는 뇌와 사랑하는 마음의 심장과 두려움을 잊을 수 있는
용기는 이미 너희들 속에 있다. 그래도 원한다면 내가 만들어 주지.
하지만 사용하는 법은 알려줄 수 없다. 그건 스스로 터득해야 하니까.
- 오즈의 마법사 중에서

머리에 있는 대뇌의 대뇌피질은 좌뇌와 우뇌로 반씩 나누어져
있다. 뇌량이라는 신경섬유의 띠가 대뇌피질의 좌뇌와 우뇌를 연
결해준다. 중요한 점은 두 개의 대뇌피질이 각자 독립적이면서도
약간 다른 방식으로 작용한다는 것이다. 그리고 뇌량에서 두뇌로
들어오는 신경이 서로 교차하기 때문에 왼쪽 신체는 우뇌의 영향
을 받고, 오른쪽 신체는 좌뇌의 영향을 받는다. 인터넷에 보면 〈좌
뇌 우뇌 테스트〉라는 것이 있다. 회전하는 무용수 검사(Spinning
dancer test)는 일본의 노부유기 카야하라(Nobuyuki Kayahara) 검사
에 의해 제작되었다. 무용수처럼 보이는 아리따운 여성이 한쪽 다
리로 서서 뱅그르르 돌고 있다.

"여자는 어떤 방향으로 돌고 있습니까? 시계 방향입니까? 시계 반대 방향입니까?"

여성이 시계 방향으로 돈다고 본 사람은 우뇌형 인간이라고 하며, 시계 반대 방향으로 돈다고 본 사람은 좌뇌형 인간이라고 한다.

사람의 좌뇌는 논리적, 분석적, 수리적 사고와 언어기능을 담당한다. 우뇌는 전체의 패턴을 인식하고, 감각 및 감정과 관련된 정보를 처리하며 영상적, 직관적 이미지 기능을 담당한다. 사람들은 어릴 적부터 글을 쓰거나, 힘을 쓰게 될 때 주로 오른손을 사용하기 때문에 좌뇌형 인간이 많다. 일반적으로 6~7세까지는 우뇌가 좌뇌보다 많이 발달한다. 그러나 학교에 들어가면서 교과서 등을 통해 교육을 받으면서 좌뇌에 치우친 학습을 하게 된다. 좌뇌와 우뇌가 균형 있게 발달해야 하지만 학교 교육이 우뇌의 발달을 저해하고 있는 셈이다. 그런데 잠재된 능력은 좌뇌보다 우뇌가 10만 배가 넘는다는 사실이다. 우뇌를 발달시키기 위하여는 의식적인 행동을 해야 한다. 예를 들면 필자는 오른손잡이지만 왼손으로 마우스를 사용한다. 그런데 더 놀라운 것이 있다. 조신영 작가의 저서 『성공하는 한국인의 7가지 습관』에 다음과 같은 내용이 나온다.

인간의 두뇌를 연구하는 학자들은 좌뇌와 우뇌의 뿌리 부분에 간뇌라는 영역이 있다고 했다. 바로 이 간뇌에 좌뇌와 우뇌보다 8 만 배나 빠르게 정보를 흡수할 수 있는 초능력이 있다고 한다. 우리는 왜 8만 분의 1도 안 되는 능력으로 발버둥 치고 있는 것일까? 답은 간단하다. 간뇌가 진흙 불상처럼 원래 모습이 아니라 무언가에 두텁게 둘러싸여 있기 때문이다. 간뇌의 능력을 회복시키기 위해서는 자연으로 돌아가 오감을 계속 회복해야 한다는 학술이론이 설득력을 발휘하고 있다.

김용진 박사는 지성(知性)의 좌뇌(左腦), 감성(感性)의 우뇌(右腦), 영성(靈性)의 간뇌(間腦)로 분류되는 뇌의 전부를 통칭하여 '전뇌'라고 하고, 특허청에 상표등록(등록번호 4004598280000)을 했다. 김용진 박사는 좌뇌, 우뇌, 간뇌 계발을 통해 고도의 집중력과 잠재된 전뇌 능력을 깨워 학습 능력을 향상해주는 21세기형 학습법으로 '초고속 전뇌학습법'을 창안하여 보급하고 있다. 이러한 학습법을 배우지 않더라도 일상생활에서 우뇌를 발달시킬 수 있다. 학교 교육에서 좌뇌 중심의 교육이 이루어지고 있다면, 일상생활에서는 우뇌 중심의 놀이나 우뇌 중심의 자녀 교육을 위한 부모 역할이 중요하다.

초등학교 시절 놀이는 주로 야외에서 이루어졌다. 대표적으로 남자아이들은 나무로 만든 긴 막대와 짧은 막대로 자치기 놀이를 했다. 마당이나 동네 골목에서 하게 된다. 말이 되는 편과 말을 타는 편으로 나누어 말타기 놀이를 하는 말뚝박기 놀이도 있다. 여자아이들은 고무줄놀이를 한다. 이러한 놀이 문화는 우뇌를 발달시키는 데 적합하다. 요즘 아이들에게는 스마트폰과 컴퓨터 게임이 대세다. 부모들도 스마트폰을 손에서 놓지 못하는 환경이 되었다. 이럴 때일수록 우뇌 중심의 자녀 교육이 되도록 가정에서 부모의 훈육방식이 중요하다. 『4차 산업혁명 지금이 기회다!』에서 저자 이은정 뇌교육연구소 소장이 제시하는 뇌과학적 훈육방법의 예를 들어보자.

집안에서 마구 뛰어다니는 아이들에게 가족은 쉽게 '뛰지 마!'라고 이야기한다. 아이들에게 '뛰지 마!'라고 이야기하는 것은 아이들의 뇌에 열심히 뛰는 이미지를 더 많이 연상시키는 효과가 있다. 거기에 엄마의 분노 감정까지 덧붙여진다면, 그야말로 아이의 뇌는 엄마가 원하는 것과는 전혀 다르게 작동하게 될 것이다. 유아들의 뇌는 언어를 듣고 이해하고 생각하는 좌뇌보다는 이미지를 상상하고 에너지를 느끼고 리듬감과 움직임에 민감한 우뇌가 발달하고 있는 시기다. 그렇기 때문에 아이에게 말로 하는 훈육보다는 리듬감 있는 말과 율동으로 훈육 방법을 바꾸는 것이 효과적이다. '뛰지 마!'라는 말보다는 '천천히 걸어 다니자!'라는 말을 쓴다. 이보다 더 좋은 표현은 '살금살금,

사뿐사뿐, 오 예~~'하며 걷는 모습을 보여주는 것이다.

이병호 작가가 쓴『자기주도 성공법』의 '우뇌의 힘이 성공을 좌우한다'에서 알베르트 아인슈타인의 말이 나온다.

"나는 언어로 생각하지 않는다. 생기 있게 움직이는 형태와 영상으로 생각한다. 이런 것들을 종합해서 언어로 옮기려고 노력한다."

이 말은 아인슈타인이 우뇌형 인간임을 알 수 있다. 아인슈타인은 바이올린을 켜고 왼손잡이 음악가이기도 하다.

심리학자 윌리엄 제임스(William James)는 1890년에 쓴 책에서『심리학의 원리(The Principles of Psychology)』에서 뇌가 이전에 생각했던 것만큼 변하지 않는 것은 아니라고 제안했다. 그러나 현대 신경과학(neuroscience) 연구가 발전하면서, 연구자들은 사람들이 타고난 정신 능력에 국한되지 않으며 손상된 뇌가(damaged brains) 종종 엄청난 변화(remarkable change)를 일으킬 수 있다는 것을 보여주고 있다. 과학자들은 이러한 현상을 '뇌가소성' 또는 '신경가소성'이라고 한다.

장현갑 심리학박사는 저서『생각 정원』의 '뇌는 운동하면 자라는 근육과 같다'에서 다음과 같은 예로 설명하고 있다.

봄날에 내리는 봄비는 아주 억세게 떨어지는 빗방울은 아닙니다. 하지만 이슬비처럼 사뿐히 내리는 비도 계속 오면 언덕에 줄기가 만들어지면서 물골이 생기잖아요.

이렇듯 꾸준하고 반복적인 생각도 뇌에 물리적인 흔적을 남깁니다. 그중 뇌가 가장 극적으로 변하는 순간은 특정한 문제를 해결하려고 뇌를 사용할 때입니다.

살다 보면 우리는 해결되지 않는 문제에 부딪힐 때가 있습니다. 바로 그 순간이 뇌가 변하는 결정적 순간입니다. 그 순간에 가장 쉬운 방법은 포기하고 돌아서는 겁니다. 하지만 영혼 전체를 걸고 문제에 부딪친다면 다른 결과를 낼 수도 있습니다.

이때 뇌의 다양한 영역을 연결하는 회로망이 강해지고, 뇌 회로의 활동성이 증가하면서 뇌가 변하기 시작합니다.

사람들은 후천적인 노력으로 우뇌를 발달시킬 수 있다. 몸의 근육을 키우기 위해 헬스 운동을 하면 근육이 반응한다. 좌뇌와 우뇌도 사용 여부에 따라 확장되거나 위축된다. 급속한 양극화 현상으로 바뀌어 가는 환경에 적응하기 위해서는 좌뇌는 물론 우뇌의 능력을 함께 키워나가야 한다. 10년 후, 20년 후 자신의 성공한 모습을 머릿속에 그려보고 상상해 보는 것은 우뇌의 발달을

촉진해 줄 것이다. 우뇌가 담당하는 영상적, 직관적 인식력을 성장시키는 것은 창의력으로 연결되고 우뇌 발달을 자극하게 될 것이다. 아직 당신의 대뇌에서 잠자고 있는 우뇌를 깨워보자.

05
누구나 하는 습관의 틀에서
벗어나라

만일 의식적으로 좋은 습관을 형성하려고 노력하지 않으면
자신도 모르는 사이에 좋지 못한 습관을 지니게 된다.

– 디오도어 아이작 루빈

"10년 후 지금의 세상은 없다. 오늘날 우리가 아는 세상은 2030년이 되면 사라지고, 사람들은 지난날을 돌아보며 '세상이 그렇게 급박하게 돌아갈 때 나는 뭘 하고 있었지?'라고 자문할 것이다."

마우로 기엔 작가가 저서 『2030 축의 전환』에서 한 말이다.

지금 세계는 2019년 12월 중국 우한에서 발생한 코로나19로 인한 집콕 생활이 길어지면서 몸과 마음이 모두 지쳐있다. 코로나19의 팬데믹 현상은 이제까지 우리가 생활해 온 환경을 송두리째

변화시키고 있다. 모든 오프라인 생활이 정지 상태에 들어가게 되었다. 직장에서도 재택근무를 실시하면서 갑작스럽게 일상생활이 온라인 환경으로 바뀌게 되었다.

이러한 갑작스러운 변화에 생활 리듬이 깨지게 되었다.

첫째, 유치원, 초등학생뿐 아니라 대학교까지 학교에서 수업을 받을 수 없게 되었다. 맞벌이 부모들은 학교 가지 못해서 집에 남아있는 애도 봐야 하고, 직장에 출근도 해야 하는 환경이 되어버렸다. 하루나 이틀이면 직장에 휴가를 내고 애를 봐주면 되지만, 언제 등교할 수 있을지 모르는 상태이다. 코로나19로 인한 거리두기 기간이 길어지면서 학생들이 등교하지 못하고 온라인 수업을 하고 있다. 그나마 올해는 초등학교 1, 2학년과 고등학교 3학년은 등교를 하도록 조치하였다.

둘째, 학교 교사들이 준비가 안 된 상태에서 온라인 수업을 하게 되었다. 코로나19로 인해 학생들이 등교할 수 없으니 어쩔 수 없이 교사들이 온라인 수업으로 전환하게 되었다. 의무교육은 그렇다 하더라도, 비싼 등록금을 내고 다니는 대학생은 등록금을 인하하라고 시위를 하고 있다. 준비 안 된 교수들의 온라인 수업은 질이 떨어지고 학생들의 불만이 터져 나왔다.

셋째, 코로나19로 인한 국가 간 이동이 제한되면서 항공 관련 업체와 여행업체가 속절없이 손을 놓고 있다. 그동안 해외여행에 익숙해 있던 국제사회가 갑자기 멈추어 버렸다. 항공부품을 주력

하는 친구가 다니는 회사는 갑자기 일감이 끊어져 공장이 멈춰 버렸다. 신혼여행도 해외로 나가지 못하고 국내 여행으로 대체되었다.

넷째, 생활 거리두기 행정조치로 인해 온라인 업체는 더욱 활성화되고, 오프라인인 소상공인과 자영업자들의 상권은 매출 하락을 견디지 못하고 폐업이 속출하고 있다. 일부 혹시나 하는 마음에 폐업하지 못하고 지내 온 기간이 일 년을 넘었다.

코로나19 백신 개발로 한국도 지난 2월 26일부터 전 국민 접종을 시작했다. 하지만 집단면역을 형성하기까지는 올겨울이 되어야 한다고 한다. 이러한 여건하에서 세상은 멈추어 있는 것이 아니라 더 빠른 변화를 나타내고 있다. 누구나 하는 습관을 따라 하는 것은 정답이 아니다. 교육과정을 살펴보자. 초등학교 6년, 중학교 3년, 고등학교 3년의 정규교육과정을 학습하고 있다. 그리고 2020년 전국 고교 대학진학률은 72.5%로 전년보다 2.1% 증가한 것으로 나타났다. 이처럼 한국의 젊은이들은 12년~16년의 교육과정을 거쳐서 사회로 진출하게 된다. 세상은 4차 산업혁명, AI 인공지능 시대라고 하는데 우리의 교육과정은 정체되어 있다. 취업 준비생들은 취업을 위해 스펙 쌓기에 열중하고 있는 현실이다.

지금은 한국 교육과정이 요구하는 인재가 아닌 세상의 변화 물결에 융합할 수 있는 인재로 성장해야 한다. 새로운 시각으로 세상을 볼 수 있는 습관을 길러야 한다. 다음의 일화에서 인간의 창의적인 잠재능력을 엿볼 수 있다.

'한 초등학교 아이가 전학을 갔습니다. 전학을 간 첫날 교사가 종이를 나누어주면서 학생들에게 세계 7대 불가사의를 적어서 제출하라고 했습니다. 이미 배웠는지 다른 학생들은 열심히 적고 있었습니다. 세계 7대 불가사의는 이집트 기자에 있는 쿠푸왕(王)의 피라미드, 메소포타미아 바빌론의 공중정원(空中庭園), 올림피아의 제우스상(像), 에페소스의 아르테미스 신전(神殿), 할리카르나소스의 마우솔로스 능묘(陵墓), 로도스의 크로이소스 대거상(大巨像), 알렉산드리아에 있는 파로스 등대(燈臺)를 말합니다. 그러나 전학 간 아이는 답을 알지 못했습니다. 그래서 자신이 생각하는 7대 불가사의를 적어서 제출했습니다. 답을 확인한 교사는 깜짝 놀랐습니다. 다른 학생들이 답을 발표하고 나서 이제 전학 간 학생이 적은 답을 발표하게 되었습니다. 이 학생이 발표한 7대 불가사의는 다음과 같습니다. 첫째, 볼 수 있는 것. 둘째, 들을 수 있는 것. 셋째, 말할 수 있는 것. 넷째, 느낄 수 있는 것. 다섯째, 웃을 수 있는 것. 여섯째, 생각할 수 있는 것. 일곱째, 사랑할 수 있는 것입니다.'

위 이야기는 교사가 요구하는 답은 아니지만, 새로운 시각에서 보는 7대 불가사의를 말해 주고 있다. 누구나 하는 습관의 틀에서 벗어나기 위해서는 새로운 시각에서 습관의 방향을 잡아나가야 한다. 우리가 행동으로 보여주는 습관은 생활 속에서 사소한 행동이 반복되어 이루어진다. 처음부터 사소한 행동이 습관으로 자리 잡도록 하겠다고 인지하고 행동을 할 수도 있고, 인지하지 못하고 행동을 하면서 넘어갈 수도 있다. 습관은 자신의 생활철학과 밀접한 관계가 있다. 자신의 생활철학에 성공적인 비전을 담아야 한다. 그러면 성공적인 비전에 맞는 좋은 습관이 형성될 수 있다. 자신의 사소한 행동 하나하나 관찰하고 기록하는 습관을 가져야 한다. 자신의 사소한 행동을 분석해 보고 생활철학에 담긴 비전에 맞게 습관을 관리해야 한다. 알베르트 아인슈타인의 생활철학은 아인슈타인의 명언에서 찾아볼 수 있다.

"어제와 똑같이 살면서 다른 내일을 기대하는 것은 일종의 정신병이다."

"모든 사람은 그 사람의 이해 정도와 인식의 한계 내에서만 세상을 바라볼 뿐이다."

"인생은 자전거를 타는 것과 같다. 균형을 잡으려면 움직여야 한다."

36년간의 직장생활을 하면서 기회가 있을 때마다 습관의 틀을 벗어나는 생활을 해왔다. 프로젝트가 종료되어 타 인원이 가기 싫어하는 원거리 지역의 파견업무를 자청했다. 직장 7년 차에는 승진 연차로 위험한 시기인데 미래 전망을 계획해 보고 전직을 하게 되었다. 그리고 전직 초기에는 상사와의 트러블로 사직을 할 것이냐 하는 기로에서 근무를 계속하는 것으로 결정했다. 명품 프로젝트 개발 종료 시에는, 여유 인력의 업무를 해결하기 위해 신규 사업 창출이라는 새로운 업무의 부담을 안기도 했다. 정년퇴직 4년 남겨놓고 연구소가 판교로 이전하게 되었다. 그때도 잔류의 여지가 있었으나 판교로 지역을 옮겨가는 결정을 하게 되었다. 대기업에서 명예퇴직 후에는 10명 정도 되는 인력의 중소기업에 취업했다. 중소기업 7년간의 근무는 또 다른 습관의 틀을 요구했다. 대기업에서 부하직원과 함께 일하며 지시하는 위치에 있었지만, 중소기업에 와서는 대리나 과장 수준의 일까지 하며 직접 현장을 뛰어다녀야 했다. 직장생활을 하는 동안 변곡점 시기마다 새로운 습관의 틀을 요구하는 경험을 했다.

위와 같은 과정을 모르는 3자의 입장에서 보면 직장생활을 순탄하게 보냈을 거라고 생각할 수 있다. 물론 누구나 직장생활을 하든 자영업을 하든 숱한 어려움을 겪으며 자신이 갖고 있던 습관의 틀에서 벗어나야 했을 것이다. 그러나 유사한 과정에서 어려운 길보다는 쉬운 길을 택함으로써, 자신의 안위를 걱정하는 습관의 틀에서 벗어나지 못해 더 큰 어려움을 겪는 사람도 있다. 많은 사람이 생계를 유지하기 위해 직장 생활을 하면서 필자가 겪어온 것 이상의 습관의 틀에서 벗어나야 하는 경우가 많이 발생할 것이다. 그때마다 누구나 하는 습관의 틀에서 벗어나는 결정을 해야 하는 순간이 온다는 것을 기억해야 한다. 직장생활을 36년간 하며 크게 성공한 것도 아니지만, 크게 실패도 없이 무난하게 해올 수 있었던 것은 손쉬운 습관의 틀에서 벗어난 결정을 해온 결과라고 생각한다.

06
습관이 바뀌려면
임계점을 넘어서야 한다

조금 더 많이 인내하라. 조금 더 많이 노력하라.
그러면 절망적 실패로 보였던 것이 빛나는 성공으로 변할 수 있다.
- 엘버트 허버드

"공포의 7분 넘었다." 미국 탐사 로버 화성 착륙 성공

미국항공우주국(NASA)은 지난 2월 19일 5시 55분(한국시각) 로버(이동형 탐사 로봇) '퍼서비어런스'호가 화성에 착륙했다고 밝혔다. 화성은 대기가 희박해 착륙 때 공기 저항을 거의 받지 않는다. 착륙선이 제때 감속을 하지 않으면 충돌 위험이 크다. 화성 대기 진입에서 착륙에 이르는 시간이 '공포의 7분'으로 불리는 것도 그 때문이다. 지금까지 화성 착륙을 시도해 성공한 비율이 절반에 불과하다.

조신영 작가의 저서 『성공하는 한국인의 7가지 습관』에 '미엘린(myelin)'이라는 새로운 물질 이야기가 나온다.

새로운 물질 미엘린(myelin)은 2000년 확산텐서영상(diffusion tensor imaging)이라는 촬영기법이 가능해지면서 비로소 측정과 이미지화가 가능해진 신경계 속에서 발견한 물질이다. 미엘린은 뉴런과 뉴런 사이의 신경세포가 연결되는 회로를 감싸는 절연물질인데, 구리로 된 전선의 겉을 싸고 있는 피복과 유사한 형상을 보이고 있다.

미엘린이 뉴런과 뉴런 사이의 신경섬유를 감싸면, 회로는 아주 튼튼하게 구축되어 전기신호의 손실을 최소화하며 빠르게 왕복하게 된다. 미엘린이 구축되기 이전에는 전기신호의 이동 속도가 불과 시속 3km의 속도로 측정되는데 미엘린으로 감싼 후에는 시속 300km로 빨라진다. 게다가 훈련에 의해 신경섬유의 지름이 넓어져 전선 자체의 두께가 몇 배 커지면 100배가 아닌 1천 배, 1만 배 이상 강력한 회로가 구축된다.

"습관이 만들어질 때는 눈에 안 보이는 실과 같지만 그 행동을 반복할 때마다 그 끈이 차츰 강화되고, 거기에 또 한 가닥씩 더해지면 마침내 굵은 밧줄이 된다. 습관은 우리의 사고와 행동을 돌이킬 수 없게 만든다."

미국의 작가 오리슨 스웨트 마든(Orison Swett Marden)의 말이다. 기존의 뇌과학은 이를 뉴런과 시냅스의 개념으로만 해석했다. 우리 몸에는 무려 1천억 개가 넘는 신경세포가 있는데 하나의 신경세포는 각각 1만5천 개의 신경회로와 시냅스로 연결되어 엄청난 3차원적 그물망을 이루고 있다. 과거의 이론으로는 이 3차원 그물망의 특정 루트를 활성화하면 네트워크가 조금 더 튼튼해진다는 정도였다. 그러나 현대 뇌과학은 '미엘린(myelin)'이라는 새로운 물질을 발견하고는 오리슨 스웨트 마든의 표현이 과학적 근거가 있는 말임을 입증해 냈다.

매일 꾸준한 반복적인 행동을 하게 되면 전기신호를 전달하는 전선의 피복, 즉 미엘린이 두께가 커지게 되며 반복적인 행동이 어느 한계에 도달하면 자연스러운 습관으로 형성되게 된다. 이러한 한계를 넘어서기 위해서는 화성 탐사 로버가 공포의 7분을 넘는 것과 같다. 42.195km 코스의 마라톤을 완주하기 위해서는 30km의 벽을 넘어서야 한다. 마라토너는 30km를 넘어설 때 마치 몸에 마비가 오는 느낌이 들 정도로 에너지가 전부 소진되는 상태를 경험하게 된다. 이 벽을 넘어설 수 있는 훈련과정을 거쳐야 마라톤을 완주할 수 있게 된다.

"엄마 나 챔피언 먹었어!"

"대한민국 만세다!"

홍수환 권투선수와 홍 선수 어머니가 전화 통화한 내용이다. 1974년 7월 남아프리카공화국 더반에서 열린 WBA 밴텀급 타이틀전에서 챔피언에게 판정승으로 이겨 챔피언이 되었다. 하지만 1975년 미국에서 열린 2차 방어전에서 KO패를 당해 챔피언 타이틀을 상실했다. 1976년 한국에서 열린 리턴 매치에서도 TKO로 패하게 된다. 홍수환 선수는 낙심하지 않고 다시 기회를 기다렸다. 1977년 파나마에서 열린 WBA 주니어페더급 초대 타이틀 결정전에 나가게 된다. 상대는 파나마의 카라스키야 선수로 17전 17KO승을 거둔 강자였다. 홍 선수가 2회 4번의 다운을 당하자 중계 아나운서와 TV를 시청하던 국민은 실망감에 빠졌다. 그러나 3회가 시작되자 기적처럼 전세는 역전이 되었다. 홍 선수가 카라스키야 선수에게 맹공을 퍼부었고 KO로 승리하게 된다. 홍 선수의 4전 5기 신화가 탄생한 순간이다.

홍수환 선수는 MBC 특집 다큐멘터리 프로그램에서 이렇게 말했다.

"이기려고 노력했으니 운이 따라온 거지 운이 좋아서 이긴 것은 아니다."

홍수환 선수는 챔피언 방어전에서 실패하고, 한국에서 열리는 리턴 매치에서도 TKO패를 당하는 수모를 당했다. 한국에서 얼굴을 들고 다니기가 창피하고 부끄러웠을 것이다. 홍 선수는 와신상담하는 심정으로 자신과의 싸움에 돌입하고 그야말로 피나는 노력과 훈련을 했을 것이다. 그러한 자신의 한계를 넘는 극한의 노력이 4전 5기의 신화를 만들어 냈다.

2015년 7월 아놀드 슈왈제네거와 에밀리아 클라크가 영화 〈터미네이터 제니시스〉의 개봉을 기념하기 위해 내한하여 기자회견을 하게 되었다. 기자가 묻고 아놀드 슈왈제네거가 답한 내용이다.

기자: 이번 영화에서 〈터미네이터1〉, 〈터미네이터2〉와 위화감 없는 액션을 보여줬는데, 그런 놀라운 액션을 보여줄 수 있었던 비결이 뭔지? 그리고 3편까지 기획되어 있는데 액션을 위해 어떤 노력을 할 예정인지?

아놀드 슈왈제네거: 운동을 매일 한다. 어제 서울에 도착해서 가장 먼저 한 것도 운동이었다. 오늘 아침도 4시 반에 일어나자마자 헬스장에서 한 시간 동안 운동했다. 어디를 가든지 늘 운동한다. 그래서 여태까지의 액션 신 촬영이나 스턴트 촬영도 그렇게 힘들지 않았고 큰 무리나 부담이 가진 않았다. 그러나 이번 영화는

앨런 테일러 감독이 특별히 부탁해서 추가로 더 노력했다. 〈터미네이터1〉에서의 몸 사이즈와 동일해야 한다고 부탁받았고, 맞추기 위해서 오히려 체중을 3~4kg 정도 더 늘렸다. 그만큼 더 많은 운동을 했다. 촬영을 준비하는 두 달 동안 평소보다 2배 정도 운동했고 촬영하는 기간 내내 운동했다. 끊임없이 움직이면 몸이 쉽게 적응한다. 밥을 먹고 자는 것과 마찬가지로 매일매일 운동을 열심히 한다.

한 가지 덧붙이자면, 사실 내가 이런 액션 신을 하고자 스턴트도 하고 떨어지고 넘어지고 날아다니고 했던 것은 40년 동안 해온 일이어서 이번 관객들에게 그렇게 인상 깊진 않았을 것 같다. 그러나 정말 인상 깊었던 것은 에밀리아 클라크가 그 전 작품인 [왕좌의 게임]에서 〈터미네이터 제니시스〉를 위해 과거에 하지 않았던 것을 해야만 했다. 특히 총을 쏘거나 무거운 무기를 다루거나, 폭발 장면, 뛰고 차가 뒤집어지는 장면 등 여배우로서 하기 어려운 이런 장면들을 위해 몸도 견딜 수 있도록 계속 운동해서 준비하고 무기를 들고 연습했다. 이런 노력으로 인해 성공적으로 큰 캐릭터 변화를 잘 이뤄내지 않았나 생각한다.

익숙해진 습관을 바꾸기 위해서는 임계점을 넘어서는 과정이 필요하다. 바꿔야 하는 습관의 미엘린은 이미 두께가 커져 있다. 커진 미엘린의 크기를 다시 작게 만들고 새로운 습관의 미엘린을 키워야 한다. 한 번 커진 미엘린을 바꾸기 위해서는 그에 걸맞은 임계점을 넘어야 한다. 마라톤을 완주하기 위해서는 마라토너는 30km의 벽을 넘을 수 있는 훈련과정을 거쳐야 한다. 홍수환 선수는 거듭된 실패를 교훈 삼아 와신상담하고, 넘어져도 오뚝이처럼 일어나 상대 선수를 KO 시킬 수 있는 엄청난 훈련과 정신력을 키워야 했다. 아놀드 슈왈제네거의 기자회견 내용을 보면 유명한 배우들이 자신의 역할을 완벽히 해내기 위해 얼마나 많은 노력과 변화를 해나가면서 습관적 행동이 되도록 하는지를 알 수 있다.

성공하려면
습관부터 바꿔라

습관이란 인간으로 하여금 어떤 일이든지 하게 만든다.

– 표도르 도스토옙스키

"삼성은 이제 양 위주의 의식, 체질, 제도, 관행에서 벗어나 질 위주로 철저히 변해야 한다."

1993년 6월 7일 독일 프랑크푸르트 켐핀스키 호텔에서 주요 임원과 해외주재원 200명을 회의장에 불러놓고, 이건희 회장이 상기된 얼굴로 목소리를 높였다. 삼성 제품은 당시 국내에서는 1위를 달렸지만, 해외시장에서는 '싸구려' 취급을 받았다. 이 회장은 "국제화 시대에 변하지 않으면 영원히 2류나 2.5류가 될 것이다. 지금처럼 잘해봐야 1.5류다. 마누라와 자식 빼고 다 바꾸자."라고 선언했다. 이른바 삼성의 '신경영 선언'이다.

신경영 탄생의 시작은 1993년 2월로 거슬러 간다. 이 회장은 전자 관계사 주요 임원과 함께 미국 로스앤젤레스(LA) 한 가전 매장을 찾았다. 삼성 제품들이 세계 최대 시장인 미국에서 어떤 대우를 받고 있는지 두 눈으로 직접 확인해보고 싶었다. GE, 필립스, 소니, 도시바 등 선진국 전자회사의 우수한 제품들이 진열장에 전시되어 있었다. 삼성 제품을 찾아보니 한 귀퉁이에서 먼지를 뒤집어쓴 채 방치되어 있었다.

1993년 6월 4일 도쿄 오쿠라 호텔. 일본 기업 교세라에서 직접 스카우트한 후쿠다 다미오 삼성전자 디자인 고문과 이 회장이 마주 앉았다. 삼성이 지닌 문제점을 파헤치는 회의는 새벽까지 이어졌다. 이 회장은 디자인 수준을 어떻게 올려야 할지에 대한 고민을 털어놓았다. 후쿠다 다미오 고문은 "일류 상품은 디자인만으로는 안되고 상품 기획과 생산 기술 등이 일체화 되어야 한다. 그러나 삼성은 상품 기획이 약하다. 개발을 해도 시간이 오래 걸리고 시장에 물건을 내놓는 타이밍도 놓치고 있다."라고 지적했다.

이 회장은 "세기말적 변화에 대한 기대와 위기감으로 잠 못 이루는 밤이 많았다.", "때로는 찬란한 비전과 희망에 흥분하기도 했고, 때로는 무섭게 엄습해오는 책임감 때문에 등골이 오싹해지기도 했다."라고 말했다. 이 회장은 여러 선진국을 둘러본 결과, 국가도 기업도 개인도 변하지 않으면 살아남지 못한다는 결론에 도달했다고 강조했다. 그러기 위해서는 우선 회장 자신부터 변해야겠다고 결심했다.

중학교 시절 사업 실패와 연대보증의 빚으로 가정형편은 밑바닥으로 떨어졌다. 그동안 생활해 오던 곳을 떠나 새로운 환경에서 다시 시작해야 했다. 부모님은 굳은 각오로 다시 가정을 일으켜 세우려고 애를 쓰셨다. 부모님의 짐이 되지 않기 위해 꿋꿋이 생활을 견뎌내야 했다. 변화된 환경은 마음과 행동거지를 변화시켰다. 어려운 가정환경을 극복하기 위하여 나를 돌아다보았다. 인생을 진지하게 생각해 봐야 했다. 인생은 한 편의 드라마라고 하지 않던가! 인생 드라마에서 나의 위치를 바꿔야겠다고 생각했다. 신체적 조건도 좋지 않았다. 체구도 작고, 키도 작았다. 그러나 자존감만은 당당하게 내세웠다. 내가 할 수 있는 것에 집중했다. 학생이 할 수 있는 것은 공부였다. 부모님이 가난을 벗어나기 위해 밤낮으로 고생하는데 그나마 즐거움을 줄 수 있는 것은 공부였다. 열심히 공부해서 보란 듯이 번듯한 대학교에 들어가는 것이다. 나의 위치에서 할 수 있는 것에 승부를 걸었다. 마음속에 주문을 걸었다. 부정적인 마인드에 영향을 줄 수 있는 주변 사람들의 눈을 무시했다. 오로지 나에게만 집중했다. 그렇게 열정으로 도전한 결과 원하는 위치에 설 수 있었다.

김옥림 작가는 저서 『습관 법칙 17』의 열여섯 번째 성공 습관

'나를 새롭게 하기'에서 말했다.

"나를 새롭게 하기 위해서는 첫째, 시도하라. 변화란 새로운 시도를 통해서만 가능하다. 둘째, 새로운 변화를 원한다면 두려움의 사슬에서 벗어나야 한다. 셋째, 성공은 변화를 원하는 자에게 찾아오는 반가운 손님과 같다. 넷째, 지금의 자리에 안주하는 것은 더 나은 내일을 포기하는 것이다. 변화하는 자만이 더 나은 이상을 실현할 수 있다. 다섯째, 변화는 모든 것을 가능하게 한다. 변화의 힘을 믿어라."

고교 동창 T 씨는 대학 졸업 후 L 전자에 신입사원으로 입사하고 정년퇴직을 맞았다. 회사의 요청으로 퇴직 후에도 고문으로 추가 계약하는 특혜도 주어졌다. 계약직은 정식 직원과 달리 업무 의욕이 떨어지고 책임감이 부족하다. 그런 가운데 헤드헌터로부터 이직 제의를 받았다. 계약사항을 협의 후 H사로 옮겨서 근무하고 있다.

T 씨는 농촌에서 생활하다가 공부해야겠다는 결심을 하고 도시로 나와 자취를 하면서 고등학교를 졸업했다. 대학을 졸업하고 L 전자에 입사하게 되었다. 지역의 선·후배 동문을 찾아보고 고교 동문 모임을 주관했다. 필자가 전직한 회사는 같은 지역으로 동문 모임에 참여하게 되었다. 필자의 전직을 계기로 고교 동문 가족들

과 모임도 하고, 고향 갑장과도 가족 모임을 하며 평범한 직장생활을 하고 있었다. T 씨가 한번은 모임에서 직장 얘기를 했다. 자기가 모시던 임원의 퇴직으로 줄이 끊어지고 중국으로 발령받게 되었다는 것이다. 중국 주재원 발령은 좌천이라고 생각했다. 당장은 대안도 없고 해서 중국에 가서 근무하는 것도 경험해 볼만 하다는 결심을 했다. 중국어를 자유롭게 구사할 정도가 되었고, 자신의 업무에서도 최상의 전문성을 드러냈다. 주재원 근무 중 한국에서 고등학교 다니는 아들이 〈KBS 도전 골든벨〉 프로그램에서 골든벨을 울렸다. 이 소식이 회사에도 전해지면서 T 씨를 보는 눈이 달라졌다. 중국 근무를 마치고 국내로 돌아와 본사 근무하면서 전문위원의 직위를 얻었다.

T 씨는 낙천적인 성격으로 자부심이 강하고 지는 것을 싫어했다. 단체활동이나 모임에서 참석자들과 소통하고 적극적으로 리드해 나가는 모습을 보여주었다. 대화에 있어서는 적극적으로 자신의 의견을 피력했다. 놀이게임에서도 승부에 본심을 감추지 않았다. 이길 때까지 계속하자고 한다. 이러한 T 씨의 습관화된 성격이 현재에 안주하지 않겠다는 결심을 하게 하였다. 주재원으로 근무하면서 전문성을 계발하고, 매출 성과를 올리는 등 자신의 위치를 견고히 하게 했다. 아들의 골든벨 소식은 주재원 근무 중 활력소가 되었다. 회사에 T 씨의 위상을 높이는 기폭제가 되었다. 전

문성 계발 성과는 T 씨가 전문위원으로 승진하는 기회를 제공하게 되었고, 헤드헌터의 리스트에 올라가 있었다.

"He can do it, She can do it, Why not me?"

미국 실리콘밸리의 작은 거인 TYK 그룹의 김태연 회장이 힘들 때마다 마음속으로 다짐하면서 한 말이다. 1968년 무일푼으로 미국에 건너가 여성의 몸으로 실리콘밸리의 신화를 이루어낸 세계적으로 성공한 재미교포 기업인이다. 미국 최초의 여성 그랜드 마스터, 미국 100대 우량기업 여성 CEO, 태권도 공인 9단의 무도인, 70대 원더우먼. 이처럼 김 회장의 이름 앞에는 다양한 타이틀이 따라다닌다. 김 회장의 가족으로는 7남 6녀의 입양한 자식들이 있다. 김 회장은 이들과 함께 기업을 이룬 특별한 패밀리로 유명하다. 자랑스러운 한국인, 한국의 어머니, 한국의 얼굴, 한국의 딸. 김태연 회장에 대해 한국의 대통령들이 표현한 말이다. 김 회장은 아메리칸 드림(American Dream)의 롤모델 여성 CEO로 칠십 중반의 나이에도 열정과 도전으로 기적 같은 성공 신화를 계속 써나가고 있다.

김태연 회장은 습관적으로 긍정적이며 적극적인 자기 암시의 말로 다짐을 했다. 다짐의 말은 김 회장의 생각과 행동에 큰 변화

114

를 주었으며, 성격과 운명을 바꾸어 놓았다. 김 회장은 삶과 철학에서 잠재 에너지를 끌어내었으며, 실리콘밸리에서 성공을 이루는 원동력이 되었다. 지금보다 더 나은 내일을 위해 시도를 해야 지금보다 더 나은 내일을 맞이할 수 있다. 시도하지 않으면 그 어느 것도 얻을 수 없는 게 세상의 이치다. 이제 당신의 잠재 에너지를 끌어낼 차례다. 당신의 버킷리스트를 적어보라. 그리고 버킷리스트를 달성하기 위한 당신의 습관을 바꿔나가라.

08

독서하라,
책 속에 답이 있다

오늘의 나를 있게 한 것은 우리 마을 도서관이었고,
하버드 졸업장보다 소중한 것이 독서하는 습관이다.
— 빌 게이츠

"사람은 책을 만들고, 책은 사람을 만든다."

교보생명과 교보문고를 창업한 대산 신용호 회장이 한 말이다. 전국 교보문고에 들어가는 입구에는 위와 같은 문구가 새겨져 있다. 초등학교도 다니지 못한 신 회장은 어머님에게서 독서의 중요성을 배웠다. 어머님의 가르침은 '책 속에 길이 있다.'였다. 가르침을 실천하고자 1,000일 독서를 하게 되었다. 신 회장은 평생을 '국민교육', '참사람 육성'이라는 철학을 실천하며 살았다. 이력서 학력란에 '배우면서 일하고 일하면서 배운다.'라고 쓴 유명한 일화도 있다. 정인영 작가가 쓴 저서 『길이 없으면 길을 만들며 간다』

에 다음과 같이 적혀 있다.

신용호 선생은 초등학교에 입학할 무렵에 폐병이 걸린 것은 물론 가정형편으로 인해 초등학교도 졸업하지 못했다. 그래서 그는 자신의 약점을 극복하기 위해 중학생이 될 나이에 3년 동안 천일 독서를 실천한 것이다. 당시에 출간한 대부분의 책을 읽으려 했다.

필자는 대학에 입학했지만, 가정형편이 어려워 별도 하숙을 할 수 없었다. 목사이신 고모부 가족이 교회 사택에 거주하고 계셨는데, 교회 사택 다락방에서 지낼 수 있었다. 학교에 가기 위해서는 부산역 버스 정류소까지 빠른 걸음으로 20여 분, 버스 타고 1시간 정도 소요되었다. 학교 가고 올 때 버스 좌석에 앉게 되면 책을 읽었다. 당시는 갖고 다니기 편하게 문고판 책이 유행했다. 성경책, 철학, 명작, 그리고 어려운 환경에서 극복하는 내용의 책을 좋아했다. 교회에 거주하면서 새벽기도를 나가야 했고, 매일 가정예배에 참석해야 했다. 수요일은 저녁 예배, 일요일은 오전과 오후 교회 예배와 친목으로 시간을 보냈다. 목사님이 보는 종교 서적들이 눈에 들어오고, 성경책은 유년부 주일교사를 하면서 내용을 깊이 있게 보게 되었다. 교회에서 지내면서 종교 생활은 내가 갖고 있던 정신세계를 새롭게 했다. 다락방은 나만의 공간으로 책을 읽기에 적합했다. 학교와 멀리 떨어져 있고, 교회 다락방에서 지내는 것이 친구들과 어울리는 여건을 제한했다. 담배는 처음부터 하지 않았다. 술은 친구와 어울리기 위해 한두 잔 마시고 오게 되면 인사만 하고 바로 다락방으로 올라갔다. 다락방에서 할 수 있는 것은 공부와 독서였다.

학교 다니면서 교과서 사기도 힘든 삶을 살아온 사람들은 독서가 얼마나 중요한지 알지 못했다. 성공한 사람들은 거의 모두가 대단한 독서가였다. 그리고 그의 주위에는 독서를 하도록 권한 부모님이나 지인이 있었다.

토머스 에디슨은 초등학교에 입학한 지 3개월 만에 퇴학을 당하고, 어머니의 지도로 역사고전과 문학고전 등을 읽었다. 빌 클린턴 대통령은 재임 시절 연간 60~100권, 퇴임 후 연간 200~300권의 독서를 했다. 소프트뱅크 손정의 회장은 B형 간염으로 3년간 병원에 입원한 기간에 4천 권의 책을 읽었다. 김대중 대통령의 교도소 수감 시절 옥중독서는 널리 알려진 사실이다. 『김대중 자서전』에 다음과 같이 적혀 있다.

나의 경우, 감옥 안에서 네 가지 즐거움을 맛보았다. 그 첫째이자 가장 큰 것이 독서의 즐거움이었다. 과거 1977년의 진주 교도소 생활 때도 그랬지만, 1981년 청주 교도소에서의 2년간의 생활은 그야말로 독서의 생활이라 해도 과언이 아니다. 철학,

신학, 정치, 경제, 역사, 문학 등 다방면의 책을 동서양의 두 분야에 걸쳐서 읽었다.

작가 톰 콜리의 저서 『습관이 답이다』에 벤 카슨의 독서 얘기가 나온다.

벤 카슨은 디트로이트 빈민가 출신의 세계적인 신경학자다. 카슨의 어머니는 자식이 빈민가의 또 다른 피해자가 될까 두려워했다. 카슨의 어머니는 어린 카슨에게 스스로 공부를 할 수 있도록 책을 읽게 만들었다. 아들이 매일 책을 읽도록 어머니는 매주 아들에게 읽은 책의 줄거리를 한쪽 분량으로 써오라고 시켰다.

어린 카슨은 매일 도서관에 가서 몇 시간씩 책을 읽었다. 한 주가 끝날 때면 카슨은 그 주에 읽은 책의 줄거리를 어머니에게 제출했다. 매일 책을 읽는 부자 습관은 카슨의 눈을 뜨게 만들었다. 카슨은 가난했지만 자수성가한 백만장자들의 이야기를 읽었다. 그는 그들이 빈곤에서 탈출해 부를 이루었다면 자신도 그럴 수 있을 것이라고 생각했다. (…) 그런데 재미있는 것은, 카슨의 어머니가 문맹이었다는 사실이다. 카슨은 오랜 세월이 지나서야 그 사실을 알게 되었다.

이러한 독서의 중요성을 대학생 전원에게 적용한 사례가 있다.

시카고 대학은 이름 있는 학교가 아니었다. 시카고 대학의 5대 총장으로 로버트 허친슨 총장이 부임 직후 혁신적인 독서 프로그램을 도입했다. 이름하여 'New Plan(뉴 플랜)'을 제시했는데, 각 분야의 인문고전 100권을 선정하여 책을 모두 읽은 학생들만 졸업을 시켰다. 시카고 대학의 전 학생들에게 4년 동안 읽히고 암기하게 하고 토론하게 하고 필사하도록 한 것이다. 뉴 플랜이 시작된 1929년 이후 시카고 대학에서 노벨상 수상자가 급증했으며, 2018년 기준으로 91명의 노벨상 수상자가 졸업생과 교수진 중에서 배출되었다.

이와 유사한 사례로 세인트존스 대학에서는 다른 교양과정 커리큘럼이 없고 오직 100권의 인문고전 독서와 토론이 4년 커리큘럼의 전부이다.

문화관광부에서 〈2019년 국민 독서실태 조사〉 결과를 발표했다.

첫째, 독서율. 만 19세 이상 성인 중 지난 1년간(2018.10~2019.09) 교과서, 학습참고서, 수험서를 제외한 일반도서를 한 권 이상 읽은 연간 독서율은 '종이책' 기준으로 성인 52.1%, 초·중·고 학생 90.7%였다. 종이책과 전자책을 합한 연간 독서율은 성인 55.4%, 초·중·고 학생 91.9%이며, 직전 조사인 2017년 대비 성인은 6.9% 감소하고 학생은 1.3% 감소했다.

둘째, 독서량. 연간 종이책과 전자책을 합한 독서량은 성인 전체 평균 7.3권(독서자 기준 13.2권), 초·중·고 학생 전체 평균 38.8권 (독서자 기준 42.7권)이며, 직전 조사인 2017년 대비 성인 2.1권 감소, 학생 4.5권 증가했다.

국민 연간 독서율은 매년 감소하고 있는 추세이다. 디지털 기기의 발전이 독서율을 감소시키는 주요인으로 떠오른다. 연간 독서량에서 성인은 감소했지만, 학생이 증가한 것은 그나마 다행이다. 하지만 해외 국가와 비교해 보면, 2015년 UN 조사에서 미국인 연간 독서량은 79.2 권, 일본인 73.2 권, 프랑스인 70.8 권으로 한국인 독서량은 192개국 중 166위다. 독서량에서 큰 차이를 나타내고 있다. 인터넷과 스마트폰 보급률 세계 1위라는 한국의 현주소이다.

유한킴벌리 문국현 전 대표는 '지식의 반감기'를 주장했다.

"한 개인이 축적한 지식의 총량은 지속적 개선이나 충전이 없을 경우 1년을 주기로 매년 절반씩 감소한다."

누군가는 이 나이에 왜 책을 보느냐고 한다. 이제까지 학교 다니면서 책을 보고, 직장 다니면서는 자기계발이나 승진을 위해 한 번씩 책을 봐 왔지만, 60 넘어 퇴직해서는 책을 보기 싫다고 한다.

하지만 나이 든 퇴직자도 백세시대에는 아직 열정이 남아있는 청춘이다. 살면서 그동안 해보지 못한 선한 영향력을 후대에 줄 수도 있다. 인생 후반 40년의 새로운 인생 계획을 세워야 한다. 우선은 그냥 다시 책 읽기에 재미를 느껴보고 습관을 길러보자. 젊은 이들은 지식의 반감기마다 지속적 충전을 위한 독서를 하게 되면 삶의 지혜와 생활의 활력소를 얻을 것이다. 나이 든 퇴직자도 독서를 통해 여유롭게 시간을 보내며 마음의 안정과 정신적 건강을 얻게 될 것이다.

PART 3

습관을 다루는
생각의 비밀

01
혼자가 아닌
성공 멘토와 함께 한다

혼자 가면 빨리 갈 수 있지만, 함께 가면 멀리 간다.
– 아프리카 속담

"신에게는 아직 열두 척의 배가 있고, 미천한 신은 죽지 않았습니다.(尙有十二 微臣不死 상유십이 미신불사)"

임진왜란 당시 이순신 장군이 명량대첩을 앞두고 선조에게 장계를 올렸다. 이러한 이순신 장군의 멘토는 영의정 류성룡이다. 류성룡에 대해 스승인 퇴계 이황은 일찍이 "하늘이 낸 사람"이라고 했다. 정조(正祖)는 그를 가리켜 "참으로 우리나라의 유후(留侯·장자방)"라고 평했다. 류성룡은 사람을 알아보는 능력, 즉 '지인지감(知人之鑑)'이 누구보다 뛰어났다. 조선을 멸망의 위기에서 구해낸 임진왜란 3대 대첩(이순신 한산대첩, 권율 행주대첩, 김시민 진주대첩)

뒤엔 지인지감의 천재 류성룡이 있었다. 류성룡은 난국을 타개할 인물로 무명의 인물인 정5품 형조 정랑 권율을 4단계 뛰어넘은 정3품 의주 목사로, 종6품 정읍 현감 이순신을 6단계 뛰어넘은 정3품 전라 좌수사로 발탁했다.

'멘토(Mentor)'는 현명하고 신뢰할 수 있는 상담 상대, 지도자, 스승, 선생의 의미로 쓰이는 말이다. 오디세이가 트로이 전쟁에 출정하면서 집안일과 아들 텔레마코스의 교육을 그의 친구인 멘토에게 맡긴 데서 유래된다. 멘토의 상대자를 멘티(mentee)라 한다.

기업에서 한때 멘토 문화가 형성되기도 했다. 필자도 회사 다니면서 신입사원과 멘토, 멘티를 맺고 멘티가 직장생활에 적응하는 데 도우미 역할을 했다. 직장 선·후배로 함께 커피 마시면서 대화도 하고 문화행사에 참여하기도 하면서, 신입사원의 가치관과 생각의 차이를 서로 토의하며 좁혀나갈 수 있는 계기도 되었다.

필자의 책 쓰기 멘토는 김태광 작가(닉네임 김도사)이다. 도서관에서 김태광 작가의 책을 읽고 작가를 만나기 위해 무작정 경남 창원에서 분당까지 찾아갔다. 많은 사람이 나와 같은 마음으로 찾아왔고, 그는 면담을 원하는 사람이면 누구에게나 시간을 내주었다. 그는 자신을 만나기 위해 찾아온 사람들의 갈증을 시원하게 풀어주었다. 누구나 나도 할 수 있다는 자신감을 불어넣어 주었다. 김태광 작가는 다음과 같이 말했다.

"평범한 사람일수록 책을 써야 한다. 성공해서 책을 쓰는 것이
아니라 책을 써야 성공한다!"

작가 잭 캔필드가 쓴 저서 『영혼을 위한 닭고기 수프』시리즈는
베스트셀러로 5억 권이 넘게 팔렸다. 가장 많이 팔린 책을 쓴 작
가로 기네스북 세계 기록을 보유하고 있다. 전설적인 자기계발 전
문가로 〈석세스〉매거진의 전 발행인인 클레멘트 스톤이 캔필드
작가의 멘토다. 또한 스톤은 2천만 권 이상이 팔린 『세계의 위대
한 세일즈맨』을 쓴 오그 만디노의 멘토 역할도 했다. 캔필드 작가
는 여러 명의 멘토와 함께했다. 마크 빅터 핸슨, 재닛 스위츠너, 존
그레이, 밥 프록터, 짐 론, 존 맥스웰 등이 멘토이다.

제이미 다이먼은 세계에서 가장 성공했고 존경받는 은행가이
다. 그의 멘토는 전설적인 주식 중개인이자 은행가인 샌디 웨일이
다. 1983년 당시 아메리칸 익스프레스에서 일하던 웨일은 하버드
대 경영대학원을 갓 졸업한 스물여섯 살의 청년 다이먼을 고용했
다. 2년 후 웨일과 다이먼은 아메리칸 익스프레스를 떠났다. 부실
대부업체 '커머셜 크레디트'를 인수해서 상장했다. 기업 인수합병
을 시작으로 1998년 웨일과 다이먼의 공동 회사를 씨티코프와
합병하면서 현재 씨티그룹으로 알려진 금융기업이 탄생했다. 이
후 다이먼은 세계에서 가장 강력한 금융기업인 JP모건의 최고 경

영자가 되었다.

한석봉은 추사 김정희와 함께 조선시대 제일의 서예가이다. 한석봉의 어머니는 한석봉의 훌륭한 멘토가 되었다. 한석봉은 어머니에게 자신의 글씨가 아주 훌륭하고 스승님도 놀라셨다고 하면서 자만했다. 그러자 어머니는 한석봉에게 그 실력을 보자고 하면서 "등잔불을 끄고 한번 써 보아라. 명필은 어둠 속에서도 한 치의 흔들림이 없는 법이다. 네가 글을 쓸 동안 나는 떡을 썰어 보이겠다."라고 말했다.

어둠 속에서 한석봉은 자신 있게 글씨를 써 내려갔고, 어머니는 묵묵히 떡을 썰었다. 잠시 후 등잔불을 켰을 때 한석봉은 얼굴을 들지 못했다. 어머니가 썬 떡은 가지런했지만 자신의 글씨는 엉망이었기 때문이다. 한석봉은 그제야 어머니께 용서를 빌고 다시 절로 들어가 남은 공부를 마쳤다.

살아가는 동안 자신의 의지와 상관없이 함께 하는 멘토들이 있다. 첫째, 부모는 가장 가까이에서 자녀를 성장시키는 멘토이다. 직접적인 멘토 역할이 없더라도 부모의 생각과 행동은 자연스럽게 자녀에게 전해진다. 한석봉의 어머니처럼 직접적인 성공 멘토가 된다면 최고의 멘토이다. 둘째, 학생 시절 교사는 좋은 멘토이다. 부모의 부족한 멘토 역할을 교사가 성공의 멘토링을 제공하기도 한다. 셋째, 직장에서의 상사는 사회생활하면서 좋은 멘토가 된다. 부모나 교사에서 멘토를 찾지 못한 사람은 직장에서 멘토를 찾을 수 있다. 직업상의 멘토는 조직의 활성화를 위해 서로 신뢰하고 역할을 다할 수 있도록 함께 할 것이다. 넷째, 독서를 통한 책이 멘토가 될 수 있다. 독서는 작가가 살아온 인생 경험을 통해 자신이 직접 경험해보지 못한 것을 배우게 된다. 자수성가한 부자들은 다른 성공한 사람들의 전기를 읽었다. 다섯째, 시련과 고난이라는 멘토는 직접 체험하면서 배우는 자신이 멘토가 된다. 직접 겪게 되는 여러 가지 성공과 실패의 경험이 스스로 멘토가 되지만, 많은 시간과 비용이 들어가게 된다.

인생에서 성공한 사람에게는 성공한 멘토가 있었다. 성공한 멘토의 책을 읽고 행동으로 옮기거나, 직접 성공한 멘토와 함께 자신의 길을 열어가기도 한다. 인생에서 성공 멘토를 찾게 된다면, 성공으로 가는 부의 추월차선에 올라타는 것이다.

성공 멘토는 인생에 긍정적인 영향을 주며, 그 이상의 도움을 준다. 성공 멘토로부터 무엇을 어떻게 할 것인지 배움으로써 성공으로 가는 프로세스에 함께하게 된다. 멘토는 자신의 멘토나 인생에서 배운 인생의 교훈을 나누어 주고자 한다. 자신의 성공을 멘토 덕분이라고 언급한 유명인은 너무나도 많다. 제이미 다이먼의 〈멘토링 사례연구〉에 나온 유명인들의 멘토는 다음과 같다.

오프라 윈프리의 멘토는 4학년 때의 담임교사인 던컨 부인. 콜린 파월 전 미국 국무장관의 아버지 루터 파월, 마틴 루터 킹 박사의 성직자 벤저민 E. 메이스, 헨리 데이비드 소로의 랄프 왈도 에머슨, 존 매케인 미국 상원의원의 고교 교사이자 감독 윌리엄 라베널, 글로리아 에스테판의 조모 콘수엘고 가르시아, 헬렌 켈러의 앤 설리번, 밥 딜런의 포크송 싱어송라이터 우디 거스리, 퀸시 존스의 재즈 뮤지션 레이 찰스, 덴젤 워싱턴의 배우 시드니 포이티어, 래리 킹의 에드워드 베넷 윌리엄스.

당신이 성공하겠다고 마음을 먹는다면 당신이 성공하고 싶은 내용을 종이에 적어보라. 그리고 그 분야에서 성공한 멘토를 찾아라. 유럽에서 성공한 요식업체 '켈리델리(Kellydelly)'의 켈리 최회장은 자신이 성공하고 싶은 사업에서 멘토를 찾았다. 김밥 파는 CEO 김승호 회장을 만나러 미국에 가서 교육을 받고 김 회장에게 멘토가 되어달라고 했다. 그리고 파리 최고의 스시 장인 야마모토를 무작정 찾아가서 초밥의 노하우를 전수 받았다. 파리에서 성공하고 『파리에서 도시락을 파는 여자』를 출간했다. 지금은 5~10년 내 한식당 1,000곳을 여는 것이 목표다. 당신이라고 못할 이유가 없다. 세계 어느 곳이든 당신도 용기를 내서 멘토를 찾아가라. 그리고 당신의 멘토가 되어달라고 요청하라.

02

생각의 원칙을 세우고
생각대로 산다

습관이란 인간으로 하여금 그 어떤 일도 할 수 있게 만들어 준다.

– 표도르 도스토옙스키

"생각대로 살지 않으면, 사는 대로 생각하게 된다."

프랑스의 유명한 시인 폴 발레리의 말이다. 우리는 하루에도 오만가지 생각을 하며 산다. 그러나 매번 생각대로 행동에 옮기지는 않는다. 항상 생각만 하지 실행에 옮기지는 못하고 있다. 이러한 현상은 자기 생각에 원칙이 없기 때문이다. 예를 들어 대학이나 전공학과를 선정할 때 우리는 부모 의견이나 주위의 사람들로부터 의견을 묻고 선정하게 된다. 부모의 의견이나 주위 사람들의 의견은 장래에 돈을 많이 벌 수 있는 방향으로 의견을 제시한다. 본인의 의지나 성향에는 관심이 없다. 많은 경우가 그렇게 대학과

전공학과를 선정하고 졸업하게 된다. 그러나 생각의 원칙이 뚜렷한 사람들은 자기가 생각하는 대로 결정하고 살았다.

마이크로소프트 창업자 빌 게이츠의 어머니는 빌 게이츠가 아버지처럼 법조계에서 일하는 사람이 되길 원했다. 8학년 때 학교의 공유터미널을 통해 컴퓨팅을 하면서 컴퓨터 프로그래밍에 빠졌다. 하버드 대학 법학과를 진학했으나 컴퓨터가 좋아서 수학과로 전과했다. 19살에 대학을 중퇴하고 21살인 폴 앨런과 함께 마이크로소프트를 창업했다.

애플의 창업자 스티브 잡스는 입양아로 성장했다. 고등학교 졸업 후 오리건주 포틀랜드에 있는 리드칼리지(Reed College)에 의학 및 문학을 공부하기 위해 입학했다. 하지만 자신에게 가치가 없어 보이는 과목들을 필수 이수해야 했다. 가치가 없어 보이는 과목을 공부하기 위해 비싼 등록금을 내야 한다는 이유로 한 학기 후 자퇴를 결심했다. 이후 스티브 워즈니악과 협력해 부모의 차고 안에서 애플을 창업했다.

충북 증평이 고향인 김미경 강사는 서울에 있는 대학에 가는 것이 꿈이었다. 그러나 어머니는 충북대 음악과를 전공하고 학교 선생님이 되는 것을 원했다. 어머니와 얘기를 했으나 반대가 심했다. 김미경 강사는 단식투쟁으로 맞섰다. 3일 만에 어머니가 항복하고 서울로 가는 것을 허락했다. 대학을 졸업하고 피아노 학원을 하면서 소득이 높았으나, 자신이 좋아하는 강사 일에 도전하여 오늘에 이르렀다.

필자의 대학 3년간은 교회 사택의 다락방에서 살았다. 가정이 여의치 않아서 거취를 고민해야 했다. 고모부 가족은 교회 사택에 거주하면서 목사 일을 보고 계셨는데, 다락방에서 지낼 수 있다는 것이다. 다락방으로 거취를 옮기고 나니 내 의지만으로 생활하는 것이 아니었다.

목사님은 하느님이 나를 이곳으로 보내주었다고 기뻐하셨다. 하느님의 일꾼이 부족한 곳에 훌륭한 일꾼을 보내주어 감사하다고 기도했다. 생전 처음 교회에 나가게 되었다. 다락방에서 살겠다고 결정하는 것은, 사는 동안 교회도 다니고 교회 일도 도와드린다는 묵시적인 약속이다. 내 자유의 생각대로 사는 것이 아니라 교회 시스템에 맞는 생활을 해야 했다. 그래서 내 생각을 다시 정리해야 했다. 우선 교회 시스템에 적응하자. 그리고 교회 생활을 하면서 왜 많은 사람이 교회에 다닐까 하는 것도 알아보는 좋은 기회로 생각했다.

교회 생활은 성경을 읽고 기도하면서 의식을 새롭게 하는 시간이었다.

허버트 W. 하인리히 작가는 저서 『산업재해예방(Industrial

Accident Prevention)』이라는 책에서 산업 안전에 대한 1 : 29 : 300 법칙을 주장했다. 이 법칙은 산업재해 중에서도 큰 재해가 발생했다면 그전에 같은 원인으로 29번의 작은 재해가 발생했고, 또 운 좋게 재난은 피했지만 같은 원인으로 상처를 입을 뻔한 사건이 300번 있었을 것이라는 사실을 밝혀냈다. 이러한 현상을 '하인리히 법칙'이라고 부른다.

하인리히 법칙은 어떤 상황에서든 문제 되는 현상이나 오류를 초기에 신속히 발견해 대처해야 한다. 그리고 초기에 신속히 대처하지 못할 경우 큰 문제로 번질 수 있다는 것을 경고한다. 이러한 하인리히 법칙은 사람의 생각이나 습관에도 똑같이 적용된다. 하나의 습관이 완성되기까지는 수십 번의 반복과정을 거치면서 습관이 완성되어가게 된다. 그리고 수십 번의 반복과정을 거치면서 습관이 완성되어가기까지는, 이전에 수백 번의 반복적인 작은 신호가 무의식적으로 행동하여 습관이 형성되는 불쏘시개 역할을 했을 것이다. 그래서 처음에 생각의 원칙을 제대로 세우는 것이 얼마나 중요한지 알 수 있다.

필자의 경우 전직 후 직장생활은 쉽지 않았다. 사회는 생각처럼 순조롭게 돌아가는 곳이 아니었다. 사람, 작업환경, 그리고 직장문화 등 모든 것이 낯설었다. 승진 연차에 전직을 하게 되어 직장 내의 인간관계를 쌓아가는 과정은 또 다른 부담으로 다가왔다. 프로젝트를 추진 중 시제품을 제작하는데 협력업체에서 작업한 고무 제품의 불량이 문제가 되었다. 이 사건으로 인해 상사와 토의 중 트러블이 발생했다. 상사 의견에 수긍하고 대안을 마련해 보겠다고 해야 하는데 협력업체 제작 불량이라고 주장한 것이 화근이었다. 연말 고과에서 최하위 등급을 받고 진급 대상자에서 빠졌다.

전직 초기부터 상사와의 트러블로 인한 고과를 잘못 받은 경우에 예상되는 행동은 3가지가 있다.

첫째, 자신의 자존감이 추락하였기 때문에 사직서를 쓰고 나온다. 최하위 등급 고과는 금방 직장 동료들에게 알려질 것이고, 당사자는 고개를 들고 떳떳하게 행동할 수 없게 된다. 최하위 등급 고과를 받으면 이후 승진을 장담할 수 없다. 엎질러진 물을 담으려는 것과도 같다.

둘째, 자존심을 당분간 누르고 장래 비전을 위해 경력 취업 가능한 직장을 알아보고 전직을 하게 된다. 경력 취업 직장을 알아보는 기간 동안 상사나 동료들과 업무를 하며 직장에 다니는 것도 스트레스다. 하지만 자진 퇴사가 아닌 전직을 하는 방법으로 이직업체에 자신의 평가를 좋게 유지할 수 있는 합리적인 방법이다.

셋째, 자포자기하게 된다. 삶에 매력을 못 느끼게 되고 불만이 가득한 생활을 하게 된다. 모든 일을 적당히 하면서 포기하고 직장에 다니는 것이다. 이렇게 되면 열정이니 도전이니 하는 생활은 없게 된다.

필자는 어떻게 행동해야 할 것인지 중심을 잡아야 했다. 과감한 성격이 아니어서 일단 자존심을 누르고 이전과 똑같이 생활하면서 상황을 지켜보기로 마음먹었다. 그때 개발업무 조직이 세분화되면서 신규 부서가 생겼다. 그 부서의 파트장이 나에게 스카우트 제의를 했다. 승진할 수 있도록 최대한 노력해 줄 테니 같이 일하자는 것이었다. 과연 그 말을 어떻게 믿을 수 있겠는가? 파트장 위치에서 하는 말은 신뢰도가 떨어진다. 하지만 여기서 패배자가 되면 다른 곳에서도 패배자가 될 것이라는 생각을 했다. 생각을 긍정적인 사고로 바꾸기 위해 노력했다. 매일매일 긍정적인 생각을 하고 생활하게 되면 나에게 기회가 올 것이라고 믿었다. 생존을 위한 나의 원칙을 세우는 것이 필요하다고 생각했다. 필자의 저서 『마흔, 인생 2막을 평생 현역으로 사는 법』에 언급한 내용으로 다음과 같다.

필자는 긍정적인 직장생활을 위한 6가지 원칙을 세우고 지켜왔다.

첫째, 내가 하는 일에 신뢰를 준다.

둘째, 동료들과 경쟁한다는 인식을 주지 않는다.

셋째, 부하직원들의 승진이나 고과에 적극적으로 대처한다.

넷째, 인간관계에 있어서 상하 직원 간 원수를 만들지 않는다.

다섯째, 새로운 업무에 과감하게 도전한다.

여섯째, 모든 일은 협업을 원칙으로 한다.

이러한 원칙을 세우고 업무나 인간관계에 있어서 나의 소신을 지켜나갈 수 있었다.

성공철학의 거장 나폴레옹 힐은 저서 『골든 룰』에서 일상생활에서 기억해야 할 중요한 다섯 가지 사실을 제시하고 있다.

첫째, 생각은 구체적이어야 한다.

둘째, 선택은 결과를 만들어낸다.

셋째, 사람은 생각하는 대로 된다.

넷째, 긍정적인 자세는 모든 상황에서 필요한 삶의 자세다.

다섯째, 의식은 한 번에 하나의 생각이나 감정만 받아들인다.

나에게 구체적인 소망은 무엇인가? 성공한 사람들은 긍정적인 사고로 자기 생각을 명확하게 한다. 삶의 목표를 이루기 위해 생각의 원칙을 세운 후에는 원칙은 반드시 지켜져야 한다고 믿는다. 그리고 어려움이 있어도 자신이 생각하는 대로 살아간다. 마음속에 있는 구체적인 소망을 영상으로 그려보자. 그 영상이 현실로 나타날 수 있도록 생각의 원칙을 세워보자.

03

믿음으로
뚜벅뚜벅 걸어간다

멈추지 말고 한 가지 목표에 매진하라.
그것이 성공의 비결이다.
– 안나 파블로바

믿음의 네이버 국어사전 의미는 초자연적인 절대자, 창조자 및 종교 대상에 대한 신자 자신의 태도로서, 두려워하고 경건히 여기며, 자비·사랑·의뢰심을 갖는 일이다. 다음은 성경 다니엘 6:16~23의 내용이다.

이에 왕이 명하매 다니엘을 끌어다가 사자 굴에 던져 넣는지라. 왕이 다니엘에게 일러 가로되 너의 항상 섬기는 네 하나님이 너를 구원하시리라 하니라. 이에 돌을 굴려다가 굴 아귀를 막으매 왕이 어인과 귀인들의 인을 쳐서 봉하였으니, 이는 다니엘 처치한 것을 변개함이 없게 하려 함이었더라. 왕이 궁에 돌아가서는 밤이 맞도록 금식하고 그 앞에 기악을 그치고 침수를 폐하니라. 이튿날에 왕이 새벽에 일어나 급히 사자 굴로 가서 다니엘의 든 굴에 가까이 이르러는 슬피 소리 질러 다니엘에게 물어 가로되, 사시는 하나님의 종 다니엘아 너의 항상 섬기는 네 하나님이 사자에게서 너를 구원하시기에 능하셨느냐. 다니엘이 왕에게 고하되 왕이여 원컨대 왕은 만세수를 하옵소서. 나의 하나님이 이미 그 천사를 보내어 사자들의 입을 봉하셨으므로 사자들이 나를 상해치 아니하였사오니, 이는 나의 무죄함이 그 앞에 명백함이오며 또 왕이여 나는 왕의 앞에도 해를 끼치지 아니하였나이다. 왕이 심히 기뻐서 명하여 다니엘을 굴에서 올리라 하매 그들이 다니엘을 굴에서 올린즉 그 몸이 조금도 상하지 아니하였으니 이는 그가 자기 하나님을 의뢰함이었더라. [다니엘 6:16~23]

동창들은 대학 1년을 마치고 군에 갔다. 필자는 군에 갔다 오면 다시 대학을 다닐 수 있을지, 가정형편이 어떻게 될지 알 수 없었다. 학생군사교육단(ROTC)에 신청해 볼까 하는 생각도 했지만 기본 신체검사 조건을 만족하지 못했다. 고민만 하다가 대학 3년이 되어서야 공부를 해서 군 혜택을 받는 방안을 찾아보기로 마음을 먹었다. 대학 4년째 고시원에서 공부하며 시험을 치렀으나 떨어졌다. 결국 대학을 졸업하고 논산 육군훈련소에서 기초군사

훈련을 받았다. 작은 체구에 달리기도 못 했지만, 어떻게든 건강하게 군 생활을 마치자는 목표를 세웠다. 교회 다니면서 신앙생활을 통해 믿음을 갖게 된 것이 심적으로 도움이 되었다. 힘든 군 생활하는 동안 자신을 믿고 나아가면 하느님이 함께하실 것이라는 믿음이 있었다. 훈련을 마치고 주특기 후반기 교육을 받게 되었다. 군 생활 모든 과정을 하느님이 인도해 주실 것이라 생각을 했다. 후반기 교육을 마치고 자대배치를 받는데 이름을 부르지 않은 인원이 여섯 명 있었다. 조교가 남은 인원은 방공포부대로 간다고 했다. 내가 군 생활할 때는 방공포가 육군소속이었다. 조교는 줄을 잘 선 행운아들이라고 했다. '아! 이것도 하느님이 보살펴 주신 것이다. 믿음으로 생활하면 좋은 길로 인도해 주시는구나.'라고 생각했다. 군 생활은 어디서 하든 고충이 따르게 마련이다. 군 복무하면서 신앙생활을 병행하여 고충을 이겨나가는 과정은 믿음을 더욱더 단단하게 해주었다.

형이상학자 네빌 고다드 작가의 저서 『믿음으로 걸어라』에서는 '사자 굴에 갇힌 다니엘'을 다음과 같이 설명하고 있다.

이 이야기는 '문제라는 감옥'에 갇힌 그대에게 자유를 얻는 방법에 관해 말하고 있다. 만약 우리가 사자 굴에 갇혔다면 세상의 다른 문제들에 대해서는 눈을 돌리지 못하고 오로지 사자에게만 사로잡혀 있을 것이다. 하지만 다니엘은 당당히 등을 돌려 하느님이라는 빛만을 향해 시선을 두었다. 사자 굴에 갇혔을 때, 즉 가난이나 병과 같은 어떤 무서운 재앙이 닥쳤을 때 우리도 다니엘처럼 하느님인 빛만을 향할 수 있다면 우리의 해결책도 다니엘의 경우처럼 간단할 것이다.

예를 들어 그대가 속박되어 있다면 그 누구도 그대에게 자유라는 것을 소망해야 한다고 말해줄 필요가 없을 것이다. 자유, 더 정확히 말해서 자유롭게 되고자 하는 욕망은 자동으로 주어진다.

그것은 그대가 아플 때나 큰 빚을 졌을 때나 아니면 다른 곤경에 갇혔을 때도 같다. 사자들은 해결하지 못할 것처럼 보이는 위협적인 상황을 나타낸다. 하지만 모든 문제는 '문제로부터 해결되고자 하는 욕망'이란 형태로 그것의 해결책을 제시해 준다. 그런 까닭에 문제로부터 등을 돌리고 그대가 바라던 모습이 이미 된 것을 느껴서 그대의 의식을 바람직한 해결책에 두어라. 그리고 이 믿음을 계속 고수하라. 그러면 그대가 인식하는 것은 세상에 모습을 드러내게 되고, 이것으로 그대를 가두던 감옥의 벽은 무너지게 될 것이다.

빚더미에 쌓여 희망조차 없어 보이던 사람이, 이 원리를 삶에 적용하는 것을 봤다. 얼마 가지 않아 그 산더미 같던 빚은 사라졌다. 또 의사가 불치라고 진단을 내린 사람이, 이 원리를 적용해 믿을 수 없을 만큼 짧은 시간 안에 어떤 흔적도 남기지 않고 깨끗하게 완치된 것을 보았다.

군 복무 기간은 군대라는 틀 속에 구속되어 생활하는 것이다. 각 시도에서 각양각색의 성격을 가진 젊은이들이 모여 생활하는 곳이다. 어떠한 어려움이 자신에게 닥칠지 예측불허의 시간을 보내게 된다. 군대에서 군인은 10종 관물에 속한다. 본인은 물론 자식을 군에 보낸 부모는 건강하게 제대해서 집으로 돌아올 수 있도록 해달라고 기도를 한다. 입대하자마자 언제 제대하나 날짜를 세는 것은 인지상정이다. 자유로운 사회생활로 빨리 돌아가고 싶은 욕망이 자연스럽게 생겨난다. 제대를 앞두고는 '국방부 시계는 거꾸로 매달아도 돌아간다.', '떨어지는 낙엽도 조심해야 한다.' 하며 전역 일자를 기다린다.

믿음은 자신에게 닥친 시련과 고난을 이겨내는 힘을 준다. 성공과 실패의 차이는 믿음의 차이라고 할 수 있다. 성공의 길을 걷는 사람은 자신이 하는 일에서 실패라는 단어를 사용하지 않는다. 단지 성공으로 가는 과정이라고 믿는다. 발명왕 토머스 에디슨에 대한 유명한 일화가 있다.

에디슨은 하나의 발명품을 만들기 위해 많은 실패를 맛보았다. 축전지를 만들 때는 무려 2만 5,000번의 실험을 거쳤다. 사람들은 에디슨에게 위로의 말을 건넸다.

"2만 5,000번이나 실패를 했으니, 매우 속상하겠어요."

하지만 에디슨은 아무렇지 않게 대답했다.

"내 실험에는 실패가 없습니다. 나는 2만 5,000번을 실패한 것이 아니라 건전지가 작동하지 않은 방법을 2만 5,000가지 안 것입니다. 그러니 이것은 실패라고 할 수 없지요."

김미경 작가의 저서 『한 달에 한 번, 12명의 인생 멘토를 만나다』에 토크쇼의 여왕 오프라 윈프리가 주문처럼 외우는 열 가지 셀프 토크를 제시했다.

첫째, 남들의 호감을 얻으려 애쓰지 말 것. 둘째, 앞으로 나아갈 때 외적인 것에 의존하지 말 것. 셋째, 일과 삶이 최대한 조화를 이루도록 노력할 것. 넷째, 주변에 험담하는 이들을 멀리할 것. 다섯째, 다른 사람들에게 친절할 것. 여섯째, 중독된 것들을 끊을 것. 일곱째, 당신보다 나은 사람들로 주위를 채울 것. 여덟째, 돈 때문에 하는 일이 아니라면 돈 생각은 잊을 것. 아홉째, 당신의 권한을 다른 사람에게 넘겨주지 말 것. 열째, 절대로 포기하지 말 것.

성공철학의 거장 나폴레옹 힐은 '실천하지 않는 믿음은 죽은 것'이라고 했다. 성공한 사람들은 이미 이루어졌다는 믿음으로 시도한다. 몇 차례 해보는 것이 아니고 될 때까지 하는 것이다. 이러한 과정을 시련이라 생각하지 않는다. 단지 과정 중에 일어날 수 있는 산물이라고 생각할 뿐이다. 신은 인간이 이겨낼 수 있는 정도의 시련과 역경을 준다고 했다. 내게 주어진 시련과 역경이 무엇인지 생각해 보자. 그리고 오프라 윈프리의 주문처럼 자신의 믿음을 실천하기 위한 셀프 토크를 적어보자. 셀프 토크를 긍정적인 언어로 바꾸고 자신의 믿음을 실천하게 되면 성공으로 한 걸음씩 나아가게 된다.

04

상상의 힘으로
마인드를 업그레이드한다

상상력이 지식보다 중요하다.
지식은 한계가 있지만, 상상력은 세상을 품고도 남는다.
– 알베르트 아인슈타인

우리가 사는 세상은 누군가의 상상의 힘으로 현실로 나타나게 된 것이다. 영국의 조지 스티븐슨은 증기기관차를 상용화했으며, 미국의 라이트 형제는 최초로 동력 비행기를 조종하여 비행에 성공했다. 독일의 칼 벤츠는 최초로 가솔린 엔진을 장착한 자동차를 만들었다. 지금은 하늘을 나는 자동차가 상용화 단계에 있다. 미국의 로버트 고다드 박사는 인류 최초의 우주 로켓 발사시험에 성공했다. 지금은 달을 넘어 화성으로 우주 로켓을 발사하고 있다. 휴먼 로봇, 인공지능, 사물인터넷 등 모두 상상에 의한 결과이다.

누군가는 상상하고, 누군가는 현실로 이루어지게 하는 것이다. 이러한 사실은 과학의 성과물만이 아니라 사람에게도 적용 된다.

미국의 수영선수 마이클 펠프스는 올림픽 역사상 단일 올림픽 대회 4관왕 이상을 무려 4개 대회 연속 달성했으며, 단일 올림픽에서 금메달 8개 석권과 2개 대회 연속 메달 8개를 석권했다. 수영 역사상 최고의 선수이자 가장 많은 올림픽 메달을 보유하고 있다. 이러한 성공의 비결은 타고난 신체적 조건도 있지만 상상력을 이용한 훈련에 기인한다. 수영선수 마이클 펠프스는 매일 밤 잠들기 전하고 아침에 일어나자마자 자신이 실제 수영하는 모습을 매우 구체적으로 머릿속에서 상상했다. 펠프스의 훈련 습관은 자신이 완벽하게 수영하는 모습을 상상하는 것이었다. 펠프스의 상상하는 습관이 임계점에 다다르자 바우먼이 "비디오테이프를 준비하게."라고 하기만 해도 펠프스의 몸이 반응하기에 충분했다. 찰스 두히그 작가의 『습관의 힘』에는 마이클 펠프스의 훈련 습관에 대한 내용이 실려 있다.

펠프스가 10대 소년이었을 때, 바우먼은 훈련이 끝나면 펠프스에게 "집에 가서 잠들기 전에 비디오테이프를 보아라. 일어나서도 비디오테이프를 보아라."라고 지시했다. 그 비디오테이프는 실제로 존재하는 것이 아니었다. 정확히 말하면 머릿속으로 그려보는 완벽한 레이스였다. 매일 밤 잠들기 전에, 또 아침에 일어나자마자 펠프스는 출발대에서 수영장에 뛰어 들어가 완벽하게 수영하는 모습을 슬로 모션으로 상상했다. 손동작을 머릿속에 그렸고,

수영장의 끝에 손을 대고 턴을 해서 되돌아오는 모습을 상상했다. 그가 뒤에 남긴 물갈래, 입이 수면을 스칠 때 입술에서 뚝뚝 떨어지는 물방울들, 경기를 끝내고 수영 모자를 벗을 때의 기분도 머릿속에 그려보았다. 그는 침대에 누워 눈을 감은 채 경기 장면을 처음부터 끝까지, 사소한 것도 빠뜨리지 않고 머릿속에서 보고 또 보았다. 결국에는 마음속으로 초 단위까지 정확히 측정할 수 있었다.

훈련하는 동안 바우먼은 펠프스에게 경기할 때처럼 전력으로 수영하라고 지시하며 "비디오테이프를 설치해라!"라고 소리쳤다. 펠프스도 자신을 채찍질하며 훈련을 게을리하지 않았다. 따라서 실제로 물을 가를 때 그다지 흥분하지 않았다. 그리고 나날이 빨라졌다. 어느 순간 바우먼은 경기를 앞두고 펠프스에게 "비디오테이프를 준비하게."라고 나지막이 말하기만 하면 충분했다. 그러면 펠프스는 마음을 가라앉히고 경쟁자들을 압도적으로 물리칠 수 있었다.

글로벌 외식기업 스노우폭스 그룹 김승호 회장은 대학 재학 중 가족과 함께 미국으로 건너간 뒤 흑인 동네 식품점을 시작으로 이불 가게, 한국 식품점, 지역 신문사, 컴퓨터 조립회사, 주식 선물 거래소, 유기농 식품점 등을 운영했으나 실패를 거듭했다. 2005년 체인점 식당을 6억 원에 분납 조건으로 인수한 후 2008년 100개 매장을 열게 되었다. 그리고 미국 전역에 1,000여 개의 매장으로 확장하게 된다. 이러한 성공의 비밀에는 김 회장의 상상의 힘에서 비롯된 것이다. 김 회장은 상상 리스트를 작성하고 편한 시간에 들여다봤다. 상상 리스트에 적어놓은 내용을 상상하고 지속해서 생각했다. 이룬 것은 삭제하고 빈칸에 새로운 것을 적어 넣었다. 그리고 자신이 해온 '상상하고 지속해서 생각하는 방식'을 주변의 가까운 사람들이나 성공을 원하는 젊은이들에게 수없이 알려줬다. 하지만 그들은 따라 하지 않아서 성공을 못 했다. 그들은 이미 다른 직업을 갖고 있어서 김 회장의 방식에 믿음을 갖지 못하기 때문이다. 김밥 파는 CEO, 김승호 회장은 자신의 저서 『생각의 비밀』에서 다음과 같이 상상의 힘을 얘기하고 있다.

이전에 출간한 책에서 한 기자가 인터뷰 후에 매출과 자산을 잘못 계산하는 바람에 내 자산이 700억 원이라는 기사가 게재된 적이 있다. 당시에 그만한 자산이 실재하지 않았던 나는 이런저런 경로를 통해 수정해보려 했지만 괜히 고지식한 사람이라는 소리나 들었다. 이미 책이나 기사로 인쇄가 된 마당이니 어쩔 수 없다는 것이었다.

"할 수 없지. 그럼 내가 700억 원대 부자가 되면 되겠구먼."

나는 내 상상 리스트에 700억 원 이상의 부자가 되는 꿈을 넣었고, 이젠 그 표현이 부끄럽지 않게 됐다. 나는 아내와 자식과의 관계나 친구들 사이에 유대감 역시 상상과 생각을 통해 얻었다. 얻고자 하는 사업체나 자산의 종류 역시 먼저 상상하고 지속해서 생각함으로써 이룬다. 내겐 지금도 여전히 20여 개나 넘는 상상 리스트가 있다.

플라세보 효과(placebo effect)가 있다. 이것은 의사가 환자에게 가짜 약을 투여하면서 진짜 약이라고 하면 환자가 좋아지리라 생각하는 믿음 때문에 병이 낫는 현상을 말한다. 이 효과는 의학계 정설로 알려져 있으며, 환자가 좋아질 것이라고 하는 상상의 힘으로 나타나는 현상이다. 다음의 사례에서도 알 수 있다.

1950년대 협심증 수술법 중에 '내유동맥 묶음술'이라는 것이 있었다. 1955년 시애틀의 심장외과의인 레너드 콥(Leonard Cobb)은 이 수술법이 정말 효과가 있는 것인지 의문을 품었다. 그래서 그는 환자의 절반에게만 실제 시술을 하고, 나머지 반에게는 피부만 살짝 절개해서 수술 상처만 냈다. 그런데 두 집단 모두 가슴 통증이 사라지는 결과가 나타났고, 석 달이 지나자 환자 모두 다시 가슴 통증을 호소했다. 즉, 내유동맥 묶음술이나 플라세보적 시술이나 모두 실질적 치료 효과가 없었고, 수술을 받았다는 것 자체가 통증을 완화 시켰던 것이다.

펠프스가 완벽하게 수영하는 모습을 상상하는 것이나, 김승호 회장의 상상하는 방식은 마음만 먹으면 아주 쉽게 할 수 있다. 돈도 필요 없고 별도의 장소를 필요로 하는 것도 아니다. 어디서나 편한 시간에 자신의 머릿속으로 조용히 자신의 상상을 꾸준히 생각하면 되는 것이다. 사실 이러한 상상으로 생각하는 일은 너무 쉬워 보인다. 그래서 일반적으로 성공 뒤에는 무언가 대단한 과정과 비결이 있으리라 생각한다. 일반 사람이 생각하기에 '상상하고 지속해서 생각하는 방식'을 따라 하는 자신의 모습이 바보스럽게 느껴진다. 그래서 김승호 회장은 '누군가는 비웃고 누군가는 가슴이 뛴다.'라고 얘기한다.

꿈을 키우기 위해서는 긍정적인 상상을 해야 한다. 부정적 상상은 덮어쓰기를 해서 긍정적 상상으로 바꾸면 된다. 연애할 때를 생각해 보자. 애인이 생겼을 때 어떠했는가? 마음이 두근거리고 상상만 해도 즐거웠을 것이다. 아무리 바쁜 일이 있어도 매일 전화나 SNS를 주고받을 것이다. 자신의 꿈과 소망에도 똑같은 상상을 해보자. 꿈을 생각하면 마음이 두근거리고 상상만 해도 즐거워야 한다. 아침 일어나서, 밤에 잠자기 전 꿈을 이룬 자신의 모습을 구체적으로 생생하게 상상해 보라. 3차원 영상으로 꿈을 이룬 자신을 그려보라. 그러면 반드시 꿈이 현실이 되어 자신의 앞에 와 있는 것을 발견하게 된다.

150

끌어당김의 법칙을
생활화한다

이미 엄청나게 성공한 것처럼 굴어라.
그럼 지금 내가 여기에 서 있는 것만큼 확실히 성공할 것이다.
– 조던 벨포트

"유유상종(類類相從)"

네이버 지식백과에 다음과 같이 적혀 있다. 유유상종의 근원은
알 수 없으나, 《주역(周易)》의 〈계사(繫辭)〉 상편에서 그 전거를 찾
을 수 있다. 방이유취 물이군분 길흉생의(方以類聚 物以群分 吉凶生
矣), 즉 "삼라만상은 그 성질이 유사한 것끼리 모이고, 만물은 무리
를 지어 나뉘어 산다. 거기서 길흉이 생긴다." 하였다.

프로이트는 인간의 성격 구조가 원초아(id), 자아(ego), 초자아
(superego)의 3가지 구조로 이루어져 있다고 했다. 첫째, 원초아(id)

는 인간 구조의 근본이자 본능으로, 3가지 자아 중 가장 큰 힘을 가진다. 둘째, 자아(ego)는 원초아와 초자아를 중재하며, 이성과 현실에 근거하여 원초아를 통제한다. 셋째, 초자아(superego)는 부모의 가치 기준을 동화함으로써 발달하였으며, 윤리와 도덕적인 기준으로 작동한다.

예를 들어 백화점에서 쇼핑하다가 명품가방 코너에서 갖고 싶은 가방을 발견했다고 하자. 바로 '자아'는 '사고 싶다.'라는 생각을 하게 되며, 원초아와 초자아의 생각을 들어보고는 이성과 현실적인 판단을 하려고 할 것이다. 그리고 '원초아'는 '뭐해? 돈도 있는데 빨리 사고 친구들에게 자랑해야지!'라고 인간의 본능과 충동적인 욕구에서 나오는 생각을 할 것이다. 그러나 당신의 '초자아'는 '말도 안 돼. 네가 지금 저 가방을 살 수 있는 여건이 된다고 보는 거야? 단지 명품 가방을 사서 남들 앞에서 허세를 부리고 싶다는 거지.'라고 도덕과 윤리에 근거한 규범적인 생각을 할 것이다. 이러한 3가지 성격의 구조들이 당신의 마음속에서 한참을 옥신각신하다가 가방을 살 것인지 안 살 것인지를 최종적으로 '자아(ego)'가 결정하게 될 것이다. 이러한 '자아(ego)'의 결정은 태어나면서부터 이미 유전적으로 형성되었거나, 성장해 가는 생활환경 속에서 경험했거나, 학습되어 온 습관적인 행동에 의한 것이다.

끌어당김의 법칙의 가정은 프로이트가 얘기하고 있는 원초아

(id), 자아(ego), 초자아(superego)의 3가지 생각의 근원이 한 치의 오차도 없이 당신이 원하는 생각과 일치하고 있는 상태를 말한다. 그러나 원초아와 초자아의 마음의 상태가 당신이 원하는 생각과는 달리 근원적으로 부정적인 생각을 하고 있다는 것이다. 그래서 끌어당김의 법칙은 그 부정적인 생각을 끌어당기고 있다는 것이다. 따라서 끌어당김의 법칙을 제대로 이용하기 위해서는 그 부정적인 생각까지 깨끗이 청소하여 당신이 원하는 생각과 일치하도록 해야 한다. 바로 이 부정적인 생각까지 청소한다는 것이 끌어당김의 법칙 속에 숨겨진 비밀이다. 베스트셀러 작가 에스더 & 제리 힉스 부부는 저서 『유인력 끌어당김의 법칙』에서 다음과 같이 얘기하고 있다.

당신의 체험 속에 진실로 긍정적인 변화를 가져오기 위해서는, 반드시 당신은 현재 일들이 드러나 있는 상태라든가 자신에 대한 다른 사람들의 시선을 전혀 개의치 말아야만 하며, 또한 자신이 바라는 식으로 일들이 바뀌어 있는 방향 쪽을 향해서 더욱더 많이 주의를 기울여야만 합니다. 당신은 연습을 통해서 자신이 끌어당기는 것들을 바꾸게 될 것이고, 또한 자신의 삶이 실제로 바뀌는 것을 경험하게 될 것입니다. 당신은 병든 상태에서 건강한 상태로 바뀔 수가 있고, 가난한 상태에서 풍요로운 상태로 바뀔 수가 있습니다. 또한 나쁜 관계들을 좋은 관계들로 변화시킬 수 있습니다. 당신의 혼란스러움은 명쾌함으로 바뀔 수가 있습니다.

자신에게 일어나고 있는 일들을 단순히 지켜만 보는 대신, 자기 생각을 의도적으로 이끌어나감으로써, 당신은 자신의 진동 패턴을 변화시키기 시작할 것이고, 그러면 끌어당김의 법칙이 그 진동에 반응할 것입니다. 그래서 조만간 당신은 지금 당신이 생각하는 것보다 훨씬 더 적은 노력만으로도, 자신의 과거나 현재 모습이라고 인식하는 다른 이들의 시선에 반응해서 그와 유사한 미래를 계속 창조해나가는 일을 멈추게 될 것입니다. 그 대신 당신은 자신의 체험을 의도적으로 창조해 나가는 강력한 의식적 창조자가 될 것입니다.

지금 세계는 코로나19로 인해 양극화 현상이 더욱 심해지고 있다. 전 세계 인구의 1%밖에 안 되는 사람들이 전 세계 돈의 96%를 벌어들이고 있다. 이것은 우연이 아니다. 그 사람들의 마음을 지배한 생각은 '부'였고, '부'에 대한 이들의 생각이 끌어당김의 법칙으로 부를 끌어당긴 결과이다. 론다 번 작가의 저서 『시크릿』에서 인용한 다음의 글을 생각해 보기 바란다.

> "당신이 하는 모든 생각은 실체이며, 끌어당기는 힘이다."
> – 프렌티스 멀포드(1834~1891년)

세상에 왔던 위대한 스승들은 모두 끌어당김의 법칙이 우주에서 가장 강력한 법칙이라고 말했다.

윌리엄 셰익스피어나 로버트 브라우닝, 윌리엄 블레이크 같은 시인들은 이런 내용을 시에 담아서 표현했다. 루트비히 판 베토벤과 같은 음악가들은 이를 음악으로 표현했다. 레오나르도 다빈치와 같은 예술가들은 그림으로 나타냈고, 소크라테스, 플라톤, 랄프 왈도 에머슨, 피타고라스, 프란시스 베이컨 경, 아이작 뉴턴 경, 요한 볼프강 폰 괴테, 빅토르 위고 같은 사상가들은 글과 가르침에 이를 담았다. 이 사람들은 불후의 명성을 얻었고, 전설 같은 그들의 삶은 수 세기를 이어져 내려왔다.

파울로 코엘료 작가의 저서 『연금술사』에도 유사한 문구가 나온다.

"무언가를 온 마음을 다해 원한다면 반드시 그렇게 된다는 거야. 온 우주는 자네의 소망이 실현되도록 도와준다네. 그리고 그것을 실현하는 게 이 땅에서 자네가 맡은 임무라네."

여기서 중요한 것은 우리가 소망하는 것이다. 우리가 무엇을 생각하느냐에 따라 끌어당기는 힘이 작용한다. 끌어당기는 힘은 긍정적인 생각이든 부정적인 생각이든 무조건 끌어당긴다는 데 함정이 있다. 그러면 긍정적인 생각들만 끌어당김의 법칙이 작용하게 하기 위해서는 어떻게 해야 하는 것인가?

유명한 자기계발 명강사인 조 비테일 박사는 저서 『미라클!』에서 끌어당김 5단계 공식을 말하고 있다. 1단계, 당신이 원하지 않는 것이 무엇인지를 아는 것. 2단계, 1단계를 이용해서 원하는 것이 무엇인지를 규명해 낸다. 3단계, '정화' 즉 깨끗이 청소하는 것. 이것은 자기 생각에 주목하고 부정적인 믿음 깨기, 믿음과 사실, 자기 믿음 깨기의 기법을 활용하여 청소한다. 4단계, 목표를 네빌라이즈한다. 여기서 네빌라이즈는 형이상학자 네빌 고다드를 말하고 있으며, '당신이 원하는 것이 벌써 이루어졌거나 이미 된 일로 간주하고, 그렇게 되었을 때의 실제 경험을 느낀다.'라는 것을 의미한다. 5단계, 내려놓으면서 동시에 영감에 따라 행동을 취하는 것.

끌어당김의 법칙에 대하여 긍정적인 생각으로 받아들여야 한다. 이제까지 자신이 생각했던 것이 왜 이루어지지 않았을까 생각해 보라. 분명하게 말할 수 있다. 자신이 마음에서 부정적인 생각이 자리 잡고 있었다. 해결하기 어려운 상황에 부딪히게 되면 '봐라, 내가 처음부터 안 된다고 했지. 이걸 꼭 해봐야 알아?' 하는 부정적인 생각이 먼저 들게 된다. 이러한 생각은 긍정적인 생각을 덮어 버린다. 생각을 바꿔보자. 부정적인 생각을 깨끗이 청소하는 것이다. '나는 할 수 있어, 누가 이기나 보자.'라고 긍정적인 생각으로 덮어 버리는 것이다. 그러면 긍정적으로 끌어당김의 법칙이 작용하게 된다. 해결할 수 있는 아이디어나 도움의 손길이 유유상종으로 모여들게 된다.

06
세상은 당신의 명령을
기다리고 있다

자신을 믿어라. 자신의 능력을 신뢰하라.
겸손하지만 합리적인 자신감 없이는 성공할 수도 행복할 수도 없다.

– 노먼 빈센트 필

그대가 무언가를 명령하면 그 일이 그대에게
이루어질 것이요. 빛이 그대의 길 위를 비추리라.
그대가 명령하면 나는 그대에게 다가갈 것이요,
빛은 그대의 길을 밝히리라. [욥기 22:28]

형이상학자 네빌 고다드 작가의 저서 『믿음으로 걸어라』의 '그
대의 명령으로'에서 다음과 같이 설명하고 있다.

인간 역시 무언가를 명령한다면 이루어질 것이다. 언제나 나의
세상에서 명령했던 것이 과거에 나타났고 지금 명령하는 것이

현재 나타나고 있다. 우리가 인간임을 인식하는 한 이런 명령은 계속될 것이다. 명령하지도 않았는데 스스로 모습을 드러낸 것은 없다. 이 말을 부정할지도 모르지만 시험해보라.

이 명령은 불변하는 진리, 그 위에 세워져 있기에 거짓임을 증명하고자 하는 그대의 시도도 이 진리가 거짓임을 증명하지 못할 것이다. 말로써 명령하는 것은 아니다. 오히려 말이란 것은 자신의 의심과 두려움을 고백할 뿐이다.

"명령은 언제나 의식 안에서 완성된다."

인식한 것 모두는 자연스레 바깥세상에 나타난다. 나는 의식적으로 애쓰지도 않고 어떤 말도 사용하지 않지만 내가 어떤 모습이라 인식하고 있고, 그리고 내가 무엇을 가지고 있다 인식하기에 그 모습과 그 소유를 명령하고 있다.

필자는 학생 시절 공부에 집중하기 위해 '나는 할 수 있다.', '불가능은 없다.' 등의 문구로 세상에 명령했다. 책상 앞에는 표어처럼 붙여 놓았다. 매일 보면서 세상에 명령하고 있었던 것이다.

일본 홋카이도 대학의 창시자인 윌리엄 클라크 박사는 미국으로 돌아갈 때 학생들에게 "Boys, be ambitious!(청년들이여, 야망을 가져라!)"라는 말을 남겼다. 이 말은 학생들에게 꿈과 야망을 품도록 하기에 충분했다. 필자도 공부가 힘들고 지겹게 느껴질 때마다 "Boys, be ambitious!"를 외치며 다짐을 했다. 그리고 이 말과 함께 '인내는 쓰다. 그러나 그 열매는 달다.'라는 말을 곱씹으며 공부에 집중했다. 누구나 학생 시절에는 꿈과 야망을 품고 생활을 했을 것이다. 그러나 대학을 가고 사회로 나와 생활하면서 꿈과 야망은 점점 작아져서 어디 있었는지 찾아보기 어렵다. 아주 소수의 학생만이 그 꿈과 야망을 이어가며 세상에 명령을 하고 있는 것이다.

필자는 프로젝트에 참여하여 업무를 수행하면서 여러 번 해결하기 어려운 문제에 봉착하기도 한다. 여러 날을 고민하며 스트레스를 받게 되는데 잠을 자기 전까지도 해결 방안을 머릿속에서 고민하면서 잠을 청하게 된다. 그러다 갑자기 꿈속에서 좋은 아이디어가 떠오르는 경우가 있다. 바로 그때 잠결이지만 머리맡에 놓아둔 메모지에 메모해야 한다. 그렇지 않고 깨어나면 아이디어가 생각이 나지 않아 헤매게 된다. 이러한 경우를 여러 번 겪으면서 어려운 문제에 봉착해서 잠자리에 들게 되면 머리맡에 펜과 메모지를 놔두는 습관이 생겼다. 이러한 현상을 클라우드 브리스톨 작가는 저서 『신념의 마력』에서 다음과 같이 말하고 있다.

당신의 잠재의식은 그 누구도 이해할 수 없는 방법으로 당신을 도우려 나타나는 것이다. 긴장을 풀고 잠에 빠지면, 잠재의식이 그 뒤를 맡아서 처리해 준다. 그래서 다음 날 아침에 눈을 뜨면, 그처럼 어렵게 생각되던 문제가 거뜬히 해결되는 일이 가끔 있다.

문제 해결의 방법은 청사진처럼 뚜렷이 마음에 그려져 있어서 언제라도 그릴 수 있게끔 준비되어 있다. 그렇다면, 당신이 할 일은 잠재의식이 사고의 형태로 그림으로 그려준 것을, 행동을 통해 구체적인 모양으로 바꾸어 놓는 것뿐이다.

체조 국가대표 양학선 선수는 꿈을 향한 간절한 마음을 잠재의식에 전달했다. 가난과 불우한 환경을 극복하기 위해 자신이 할 수 있는 체조에 모든 열정을 바쳤다. 그의 노력으로 양학선 선수는 2012 런던올림픽 도마 종목에서 한국 체조 역사상 첫 금메달을 획득했다. 어려운 가정형편으로 인해 중학교 시절 많은 고민에 빠졌다. 결국, 돈을 벌겠다며 중학교 2학년 때 가출한 양학선을 감독이 직접 찾아가 설득하여 다시 복귀시켰다. 중학교 3학년 때 전국소년체전 도마 종목에 참가하여 우승했다.

이후 2010 광저우 아시안 게임 도마 종목에서 금메달을 획득했다. 가히 도마의 신이라 할 수 있는 기술을 개발한 선수다. 실제 런던올림픽에서 자신이 직접 개발한 난이도 7.0점의 '쓰카하라 트리플(로페스)' 동작을 구사했다. 이 기술은 2012년 기준으로 세계에서 단 한 명뿐인 선수다. 실제로 양학선의 완벽한 플레이를 본 외국 선수들도 "당신이 금메달이다!"라고 인정을 했다. 지금은 2020 도쿄 올림픽 출전을 목표로 이 기술을 업그레이드하여 시도하고 있다.

형이상학자 네빌 고다드 작가는 저서 『세상은 당신의 명령을 기다리고 있습니다』에서 다음과 같이 강의하고 있다.

"나는(I AM) 주 하느님이니,
그대를 이집트의 땅으로부터,
속박의 집으로부터 건져내었더라.
나 외에 어떤 다른 신도 없노라."

여러분의 의식은 주 하느님을 나타내니, 얼마나 영광된 계시입니까? 속박되어 있다는 꿈에서 깨어서 오십시오. 세상이 여러분의 것이라는 것을 깨달으십시오. '충만함, 그곳에 존재하는 모든 것이' 여러분의 것이라는 것을 깨달으십시오.

여러분 자신이 인간에 불과하다는 한계의 그물에 걸려서 진정 영광된 존재라는 것을 잊게 되었습니다. 이제 여러분의 기억을 되살려서, 보이지 않는 것들에게 모습을 드러내라고 '선포'하십시오. 그러면 그것들은 '반드시' 모습을 드러낼 것입니다. 모든 것은 여러분 존재의 의식인, 하느님의 목소리를 따르기 때문입니다.

"세상은 여러분의 명령을 기다리고 있습니다."

네빌 고다드는 "명령은 언제나 의식 안에서 완성된다."라고 했다. 이 말은 '잠재의식에 명령하면 잠재의식이 명령을 받아들이고 수행한 결과를 내놓게 된다.'라고 해석이 된다. 또한 '세상은 여러분의 명령을 기다리고 있습니다.'라는 네빌 고다드의 말을 풀이해본다면, 여러분이 잠재의식에 명령을 내리면 잠재의식이 명령을 받아들이고 수행한 결과를 세상에 내놓게 되는 것이다. 그러므로 '세상에 나타난 것들은 여러분이 명령을 내린 결과에 의한 것이다.'라고 해석된다. 이 원리로 당신이 잠재의식에 명령을 내리게 되면 그 명령이 완성되어 세상에 나타나게 된다. 따라서 당신이 원하는 것을 세상에 나오도록 하려면 당신이 잠재의식에 명령을 내리면 된다. 이제 양학선 선수처럼 당신도 잠재의식에 명령을 내려라.

07
결국 당신이
이길 것이라고 생각한다

삶은 바로 지금 여기, 이곳에만 있습니다.
지금 여기가 그대 인생, 최고의 순간입니다.
― 틱낫한

'스톡데일 패러독스(Stockdale Paradox)'라는 말이 있다. 현실을 직시하지 않는 낙관적 생각은 오히려 당면한 문제를 해결하는 데 방해가 된다. 스톡데일 패러독스란 냉혹한 현실을 직시하면서도 최종적으로는 승리할 것이라는 믿음으로 현재 상황을 극복해내는 이중성을 의미한다.

제임스 스톡데일은 베트남 전쟁 시 포로가 되어 7년 넘게 독방에 갇혀 지냈다. 석방된다는 확신도 없고 생존을 장담할 수 없었다. 석방 후 어떻게 살아남을 수 있었느냐는 질문에 그는 다음과 같이 대답했다.

"나는 풀려날 거라는 희망을 추호도 의심한 적이 없습니다. 한 걸음 더 나아가 결국에는 성공하여 그 경험을 내 생애의 전기로 전환하고 말겠노라고 굳게 다짐하곤 했습니다."

수용소 생활을 견디지 못하고 죽어간 사람들은 누구였냐고 묻자 스톡데일을 '낙관주의자들'이라고 대답했다.

"'낙관주의자들이란 크리스마스 때까지 나갈 거야.'라고 말하던 사람들입니다. 그러다가 크리스마스가 지나면 '부활절이면 나갈 거야.'라고 말하죠, 그다음은 추수감사절, 그리고 다음 크리스마스를 고대합니다. 그러다가 결국 상심해서 죽지요."

빅터 프랭클(Viktor E. Frankl)의 경험에서도 동일한 사례를 보여준다. 유대인 정신과 의사인 빅터 프랭클은 2차대전 당시 나치 대원들에게 잡혀 아우슈비츠 강제 수용소에 끌려갔다. 수용소에서 보내는 무료한 시간 속에서 절망적인 생각을 긍정적인 사고로 전환하여 미래의 비전을 생각했다. 나치 수용소에서 살아나온 후 저서 『빅터 프랭클의 죽음의 수용소에서』에서 다음과 같이 말한다.

"나는 불이 환히 켜진 따뜻하고 쾌적한 강의실의 강단에 서 있었다. 앞에서 청중들이 푹신한 의자에 앉아 내 강의를 경청하고 있었다. 나는 강제 수용소에서의 심리 상태에 대한 강의를 하고 있었던 것이다! 그 순간 나를 짓누르던 모든 것들이 객관적으로 변하고, 일정한 거리를 둔 과학적인 관점에서 그것을 보고 설명할 수 있게 됐다. 이런 방법을 통해 나는 어느 정도 내가 처한 상황과 순간의 고통을 이기는 데 성공했고, 그것을 마치 과거에 이미 일어난 일처럼 관찰할 수 있었다. 나 자신과 문제는 내가 주도하는 흥미진진한 정신과학의 연구 대상이 됐다."

인간은 위기에 봉착하면 선택의 기로에 서게 된다. 선택에 따라 자신의 운명이 좌우되기도 한다. 평상시 습관적 행동과 위기의 상황에서 하는 행동은 달라야 한다. 제임스 스톡데일과 빅터 프랭클은 앞으로 다가올 상황을 낙천적으로 기대하지 않았다. 긍정적이고 현실적인 선택을 하기로 했다. 주어진 상황에서 벗어났을 때 자신이 무엇을 할 것인가에 집중한 것이다. 자신이 미래에 하고 있을 행동을 지금 머릿속에 그리면서 반드시 이루어질 것이라고 생각했다. 주위에 함께하고 있는 동료들이 사라지거나 죽어 나갔다. 하지만 결국 자신이 이길 것이라고 생각했다. 확고한 믿음과 긍정적인 상상의 힘이 두 사람이 그린 비전의 기운을 끌어당겨서 현실에서 나타나게 된 것이다.

우리 주위에서 병마와 싸워 이겨내는 사람들을 볼 수 있다. 필자는 전직 후 고향 도민회 모임에 참석했다. 도민회를 통해 고향 동향으로 만나게 된 여섯 가족이 갑장 모임을 시작한 지 30년 가까이 되어간다. 여섯 명은 각자 개성이 독특해서 주위에서는 얼마 안 가서 해체될 것으로 생각했다. 기대와는 달리 개성이 독특한 남자 여섯 명은 서로의 관심사를 인정해 주고 각자 가정사를 걱정해 주며 타향살이의 정신적 갈증을 해소했다.

그중에 갑장 J가 있다. J는 육군 장교로 전역을 하고 지역 모 병원에서 근무했다. 가치관이 명확해서 도민회 모임에서도 큰 목소리로 자신의 의견을 발표하고 관철시킨다. 흠이 있다면 술을 너무 좋아한다는 것이었다. 모임에서 큰 소리로 자기 의견을 주장하고, 마치고 나서 식사 자리에서는 자기 의견이 반영 안 된 것에 불만을 표시한다. 식사 자리에서 술이 거나해지고 다른 사람에게 술을 권하기 위해 술잔을 들고 돌아다닌다.

그러던 그가 건강검진에서 신장암 선고를 받았다. 의사로부터 음주는 사형선고라는 얘기를 듣고는 그 좋아하던 술을 딱 끊었다. 수술 후에는 건강관리를 위해 매일 일찍 일어나 산을 오르내린다. 통통하던 몸매와 얼굴이 홀쭉해졌다. 주변에서 걱정하는 우려에는 암을 이겨나가는 과정이라며 걱정하지 말라고 한다. 사회생활을 하면서 신장 투석을 매주 3회 하고 있다. 정작 본인은 아무 일 없다는 듯이 매일 산에 오르내리며 건강관리를 한다. 수술한 지 10년 넘게 건강관리를 하며 매사에 긍정적인 삶을 살고 있다. 결국에는 자신이 암을 이겨낼 것이라는 신념을 갖고 한다.

누구나 의사로부터 사형선고와 같은 병을 진단받게 된다면, 갑장 J처럼 한순간에 습관이 바뀔 수 있다. 하지만 10년 넘게 바뀐 습관을 유지하는 것은 상당한 의지력이 요구된다. 사회생활을 하다 보면 많은 유혹이 나타나게 된다. 그러면 그때마다 잠재되어 있던 오래된 습관이 유혹에 흔들려 꿈틀거리게 된다. 이 순간을 이겨내야 바뀐 습관을 유지할 수 있게 된다. 갑장 J는 이 순간을 이겨내기 위한 대체 습관을 마련했다. 모임이나 식사 자리에서 술잔이 채워질 때 갑장 J는 물로 잔을 채웠다. 그리고 어느 순간 자리에서 사라졌다 나타난다. 옛 습관이 꿈틀거려서 참기 힘들 때 자리를 뜨고는 바깥에서 잠시 산책을 하고 들어온다. 그러면 다시 안정된 마음 상태를 유지하게 된다. 하나 더 얘기하자면 모임이나 식사 자리에 아내가 동행한다. 갑장 J가 옛 습관으로 괴로워하는 순간에 아내가 옆에서 정신을 바로 잡도록 신호를 준다. 이처럼 옛 습관을 덮어버릴 수 있는 대체 방안을 마련하는 것이 중요하다. 이러한 행동이 반복하게 되면서 결국 자신이 이길 것이라고 생각하게 된다.

리 아이아코카 회장은 도산 직전의 위기에서 크라이슬러 자동차를 극적으로 회생시킨 경영의 귀재로 불린다. 포드 자동차의 최고 실력자로서 8년간 사장을 역임했다. 아이아코카 회장이 크라이슬러 자동차에 취임하는 날 디트로이트 프리 프레스 신문은 2개의 제목을 붙인 기사를 실었다. '크라이슬러 최악의 적자 발생', '리 아이아코카, 크라이슬러에 합류'이다. 크라이슬러라는 난파선을 타고, 정부 구제금융과 강력한 인력 구조조정의 경영혁신을 단행했다. 'K카' 등 신차의 성공적인 영업으로 5년 만에 적자에서 흑자 회사로 바꿔 놓았다. 이후 지프, 람보르기니 등을 인수하면서 크라이슬러를 미국 3대 자동차 회사로 만들었다. 아이아코카는 저서 『아이아코카 자서전』에서 다음과 같이 회상했다.

"크라이슬러에 뛰어들기 전 내게 조금이나마 사전 지식이 있었더라면 나는 이 세상 돈을 전부 준다 해도 그곳에 발을 들여놓지 않았을 것이다. 신이 우리가 1, 2년 후를 예측할 수 없게 하신 것은 정말 다행스러운 일이다. 그걸 미리 안다면 우리는 아마 자살할지도 모를 일이다. 그러나 신은 자비로운 분이어서 한순간 하루 정도만을 보여주신다. 상황이 좋지 않을 때는 그저 심호흡을 한번 하고 최선을 다하는 수밖에 없는 것이다."

흔히 역경 뒤에는 축복이 있다고 한다. 이 말의 실제 의미는 '모든 역경에는 그에 상응하는 이로움의 씨앗이 있다.'라고 하는 것이 좋은 해석이다. 이로움의 씨앗을 어떻게 키워 가느냐가 축복인지 재앙인지 판가름할 것이다. 갑장 J는 병마와 함께 한 지 10년이 넘도록 긍정적인 자세로 건강관리를 유지해 나가고 있다. 아이아 코카는 크라이슬러라는 주어진 환경에서 부정적인 요인을 제거하고 긍정적인 환경으로 변화 시켜 나갔다. 나폴레옹 힐은 "인간이 경험하는 역경은 대부분 그들이 스스로 자처한 것이다."라고 말한다. 역으로 스스로 자처한 역경을 헤쳐 나갈 수 있는 사람은 자신밖에 없다는 말이다. 결국 역경의 승리자는 당신이 될 수밖에 없다는 것을 기억해야 한다.

08
인생 목표와 전략을
리모델링해 나간다

어제와 똑같이 살면서 다른 미래를 기대하는 것은
정신병 초기의 증세이다.
— 알베르트 아인슈타인

지난 2월 18일 글로벌 컨설팅 회사인 맥킨지앤컴퍼니(이하 맥킨지)는 〈코로나19 이후 일자리의 미래(The future of work after COVID-19)〉 보고서를 발표했다. 이 보고서는 6개 선진국(미국, 독일, 영국, 프랑스, 일본, 스페인)과 2개 개발도상국(중국, 인도)의 800개 직업과 2,000개 직무를 분석한 자료이다.

보고서에 따르면, 이들 경제 규모 상위 8개국에서는 2030년까지 총 1억700만 명의 근로자가 직업 전환 상황에 놓일 것으로 예상했다. 이는 코로나19 팬데믹 이전과 비교하면 12% 늘어난 규모이다. 선진국에서만 25%가 증가했다. 현재 일자리가 사라지면서 다른 곳에서 새 일자리를 구해야 하는 실직 위기의 사람들이 그

만큼 많아진다는 이야기다.

사라지는 일자리는 주로 도·소매, 숙박 등 고객 서비스업, 요식업 등의 저임금 일자리다. 고졸 이하, 여성, 소수인종, 저연령층이 많이 종사한다. 반면 이른바 STEM(과학, 기술, 공학, 수학) 관련 분야와 헬스케어 업종의 고임금 일자리는 더 늘어날 것으로 예상됐다.

한국 통계청 〈2020년 고용동향〉 보고서를 보면 유사한 현상을 알 수 있다. 산업별로 보면 지난해 숙박 및 음식점업(-31만 3,000명), 도매 및 소매업(-19만 7,000명) 등에서 고용 충격이 두드러졌다. 취업자 지위별로는 일용근로자가 1년 전보다 17만 명(12.1%)이나 줄었다. 한국은행 〈산업용 로봇 보급이 고용에 미치는 영향〉 보고서에 의하면, 산업로봇 적용률은 우리나라가 주요국 가운데 가장 가파르게 높아지고 있다. 생산성에는 긍정적일 수 있지만 고용과 임금에는 부정적 영향을 준다. 이는 한국의 전반적인 고용 여건이 맥킨지 보고서의 분석 내용과 유사한 흐름으로 갈 가능성이 높음을 시사한다.

갑장 모임 친구 중 Y가 있다. 그는 공고를 졸업하고 안전 기술사 자격증을 취득했다. 경력직으로 S 그룹 계열사에 전직 후 팀장을 역임하고 퇴직했다. 성격이 낙천적이고 쾌활하나 직선적인 면이 있다. 한 가지 일에 집중하면 끝을 봐야 한다. 갑장들도 인지하지 못했는데, 재직 중에 공인중개사 자격증을 취득했다. 퇴직 후에는 동료와 안전관리업무 회사를 창업했다. 중소업체들의 안전관리 인식이 부족한 상태에서 회사의 소득구조가 비전을 주지 못했다. 동료에게 사업을 인계하고 공인중개사 사무실을 개업했다. 전원주택에 대한 부동산 붐이 한창일 때 고향에 있는 땅에 빌라를 건축하면서 친구의 사업 운이 바뀌어 버렸다. 건설업체의 인건비 돌려막기 수법에 자신의 빌라 건축 현장이 멈춰 버렸다. 건설업체와 소송에 대응하기 위해 서울에 있는 전문가에게 교육을 받았다. 1년여에 걸친 법정 소송 끝에 타 건설업체와 계약하고 공사를 진행해서 빌라를 완공했다. 그러나 부동산 붐은 이미 내리막을 걷고 있었다. 1년여의 지연된 공사로 막대한 손해를 봤는데 빌라의 분양마저 도와주지 못했다. 하지만 Y는 이 모든 것이 경험으로 인한 지식 자산을 쌓았기 때문에 걱정하지 않는다고 했다. Y는 건설계약·클레임전문가 자격증을 취득했으며, 최근 석면해체작업감리원 교육을 수료했다. 이제 Y는 안전기술사, 공인중개사, 빌라 분양·임대업, 건설 관련 전문가, 그리고 감리원 등 계속하여 인생 목표와 전략을 수정해가며 멀티플레이어로 현장에서 뛰고 있다.

코로나19로 인해 온라인 사업은 날개를 단 듯이 성장하고 있으며, 오프라인 사업은 날개를 접은 새처럼 추락하고 있다. 이처럼 세상은 '대박을 치느냐, 아니면 쪽박을 차느냐!' 하는 극과 극을 향해 가고 있다. 그러면 코로나19가 끝났을 때 어떻게 될 것인가? 이미 변화된 생활에 익숙해서 이전으로 돌아갈 수 없는 것도 있지만, 여전히 오프라인 생활은 계속될 것이다. 모든 일에는 기회와 타이밍이란 것이 있다. 아주 뛰어난 아이디어로 개발한 상품도 시대를 앞서가 너무 일찍 출시하게 되면 소비자의 눈길을 잡을 수 없지만, 그렇다고 늦게 출시되면 이미 경쟁 제품으로 인해 밀려날 수 있다.

최윤식 미래학자는 저서 『빅체인지 코로나19 이후 미래 시나리오』에서 코로나19 이후 변화가 중요한 개인이나 기업은 3가지에 집중하라고 하고 있다.

첫째, 코로나19가 계기가 되어서 서서히 시작되는 변화다. 이런 변화는 초기에는 소소한 변화에서 시작된다.

둘째, 코로나19 이전에 이미 시작된 변화가 코로나19로 인해 더 강력해지는 상황에 집중하라. 코로나19 이전에 이미 시작되었던 기회 중에 몇몇은 코로나19 사태 속에서 일어난 다양한 사건과 집단 경험 때문에 코로나19 이후에 대세로 자리 잡는 속도가 더욱더 빨라질 수 있다.

셋째, 대다수가 잠재된 위기의식을 갖지만 예전의 일상과 당장 급한 일로 되돌아간다고 했다. 하지만 누군가는 개인 혹은 자기가 속한 공동체나 회사 안에서 다시 반복될 가능성이 높은 위험에 대비하는 새로운 선택과 행동을 시작할 것이다. 이들이 집중해야 할 세 번째 대상이다.

"나는 매일 모든 면에서 점점 나아지고 있다. 한동안 이 말을 믿고 지내보라. 그러면 진짜 그렇게 되는 경험을 할 것이다."

작가 마크 앨런이 저서 『백만장자처럼 생각하라』에서 한 말이다. 이충호 작가는 저서 『십대, 꿈을 이루어주는 습관의 힘』에서 미래의 자화상을 시각화하라고 하고 있다. 시각화의 효과로 3가지를 제시하고 있다.

첫째, 꿈을 성취하려는 집념을 강화해 준다. 자기가 이루고자 하는 꿈을 달성했을 때의 자신의 모습을 사진이나, 그림 또는 글귀를 통해, 상상하고 그렇게 되기를 거듭 다짐하면, 자신의 꿈을 향한 현재의 노력을 배가할 수 있게 할 뿐만 아니라, 기필코 성취하겠다는 의지와 집념을 강화해 준다.

둘째, 꿈을 향한 강력한 욕구를 분출시킨다. 시각화를 통해 자신의 꿈이 달성되었을 때의 모습을 느끼게 되면, 어떠한 어려움이 있어도 반드시 성취하겠다는 꿈을 향한 강력한 욕구가 분출된다. 무릇 모든 행동은 욕망을 향해 일어나게 되어 있는 것이므로, 그 분출된 욕망이 할 일을 찾게 되고 그 일에 도전하게 하며, 그 성취를 위해 정성을 기울이게 하는 것이다.

셋째, 성취동기를 계속 유발한다. 미래의 성공한 자신의 모습을 시각적인 영상으로 만들어 벽에 걸어 놓고 매일 바라보면, 의식·무의식 간에 계속해서 성취동기를 유발하게 해, 어떠한 악조건이나 난관이 생겨도 끊임없는 노력과 열정으로 이를 극복하고, 그 실현을 위해 계속 전진하게 만들어 준다.

양극화라는 시대의 흐름에 따라 인생 목표와 전략을 리모델링해 나가자. 긍정적인 자신의 미래 자화상을 그려보자. 매일 모든 면에서 점점 나아지고 있는 자신을 보고 있는가? 잠재의식 속에 미래 자화상이 이루어졌다는 신념으로 자신의 욕망을 불태우며 꿈을 키워보자. 우리의 미래 자화상을 시각화하는 습관을 기르자. 그 습관이 정착되면 어느새 여러분은 성공의 길을 가고 있는 자신을 발견하게 될 것이다. 당신도 대박의 자화상을 그려보라. 어제와 똑같이 살면서 내일은 더 나아질 것이라 기대하는 것은 환각 증상이다.

코로나19에 온라인 쇼핑과 배달이 급성장하면서 주식시장에서 대박을 터트리고 있다. 3월 11일(미국 현지시간) 한국 배달업체 쿠팡이 100조 잭팟을 터트리며 미국 뉴욕증권거래소(NYSE)에 상장했다. 쿠팡 주가는 이날 공모가(주당 35달러) 대비 40.71% 오른 49.25달러에 거래를 마쳤다. 쿠팡 이사회 김범석 의장은 뉴욕 주재 한국 특파원들과의 화상 간담회에서 '세계적인 기업들이 경쟁하는 무대에서 한국 유니콘 기업(기업가치 1조 원 이상 비상장 스타트업)도 경쟁력이 있다는 걸 보여주고 싶었다.'라고 상장 배경을 밝혔다.

우리가 정체된 삶을 사는 것과는 달리 사회는 코로나19와 같은 환경에 의해 변화의 시점이 당겨지고 있다. 5년 아니 1년 앞을 내다볼 수 없는 상황이다. 오늘날의 생활은 우리 스스로 미래를 내다볼 수 있는 역량을 갖추도록 요구하고 있다. Y는 1년여의 힘든 공백기에 자기계발을 하고 미래를 고민했다. 인생 목표와 전략을 다시 짜야 하는 시간이 되었다. 아파트나 주택, 상가를 리모델링하듯이 자신을 리모델링하는 시기로 생각했다. 구글의 직원들은 주중 근무 시간의 80%를 중점 업무에 집중하고, 나머지 20%는 개인이 하고 싶은 프로젝트를 하도록 하고 있다. 하루 시간의 20%는 자신의 인생 목표와 전략을 리모델링하는 시간으로 활용하자.

PART 4

습관을 다루는 사람들의 7가지 습관

01

자기 주도적으로
행동한다

자기의 인생을 완성하기 위해서는
가장 먼저 스스로를 존중하라.
– 프리드리히 니체

고등학생 시절 좋은 대학에 가기 위한 등수 경쟁이 심했다. 학급에서 몇 등내에 들면 어느 대학, 몇 등까지는 어느 대학 입학원서 써준다는 식이었다. 학교 다니는 기간에는 등수변동에 별 차이가 없다. 누가 얼마나 열심히 노력하고 있는지 한눈에 알 수 있다. 이러한 반사작용으로 자신도 지지 않기 위해 눈에 불을 켜고 공부를 하게 된다. 그런데 여름방학이나 겨울방학을 보내고 첫 시험을 보면 등수가 크게 차이를 보이는 친구들이 나온다. 학교 교사의 통제에서 벗어난 방학 기간을 어떻게 보내느냐에 따라 시험 결과에서 차이가 벌어졌다. 자기 주도적으로 부족한 분야의 공부를 열심히 한 결과이다. 이것은 학생들에게만 적용되는 것이 아니다.

지금은 코로나19로 자택 근무이든 무급휴직이든 아니면 실업자 신세이든 본의 아니게 집콕하고 있는 사람들이 많아졌다. 집콕 기간이 길어지면서 집 안에서 무료하게 시간을 보내거나 TV 드라마를 보면서 시간을 보내게 된다. 방송에서는 집콕 시청률을 잡기 위해 미스터트롯 1과 2, 미스트롯 1과 2 등 트로트 시리즈 프로그램을 송출하고 있다. 이러한 기간에 자기 주도적으로 계획해서 자기계발 등의 생산적인 시간을 보내야 한다. 코로나19가 끝나고 다시 사회로 나오게 되면 집콕 기간에 무엇을 했느냐에 따라 개인의 성장이나 생각의 범위가 달라질 것이다. 나의 선택으로 습관을 컨트롤할 수 있는 기회이며, 자기 주도적인 삶을 위한 행동이 필요한 시점이다.

〈인디언의 지혜와 잠언〉에 두 마리의 늑대 이야기가 나온다. 체로키족의 인디언 노인이 손자를 무릎에 앉히고 이렇게 말하였다.

"사람들의 마음속에는 늘 늑대 두 마리가 살고 있단다. 그중 한 마리는 악마 같아서 마음이 부정적인 생각으로 가득 차 있지. 분노, 슬픔, 후회, 열등감, 거짓 등 말이다. 세상의 온갖 나쁜 것들을 모두 품고 있단다. 그런데 다른 한 놈은 착한 놈이라서 기쁨, 평화, 친절, 진실, 사랑 등 세상의 온갖 선한 것들을 모두 품고 있단다. 그 두 마리는 언제나 으르렁거리면서 지금, 이 순간에도 끊임없이 싸우는 중이란다."

이 이야기를 듣고 있던 손자가 곰곰이 생각하다가 이렇게 물었다.

"할아버지, 그러면 어느 쪽이 이기는 거예요?"

그러자 할아버지는 미소를 지으며 손자에게 이렇게 대답하였다.

"네가 먹이를 주는 놈이 이긴단다."

습관도 두 마리의 늑대와 같다. 내가 먹이를 주는 습관이 다른 습관을 덮어버릴 수 있다. 무료하게 시간을 보내거나 TV 시청에 주던 먹이를 멈추고, 자기계발하는 습관에 먹이를 주도록 하자. 코로나19가 허락해 준 시간에 자신의 부족한 분야를 찾아서 능력을 업그레이드할 계획을 수립하자. 일과를 주간별로 계획해 보고 자기계발로 업그레이드된 자신의 모습을 상상해 보자. 가슴이 뛰고 마음속에서 기쁨이 솟구쳐 나오는가.

전직 후 과장 승진은 삼 년이 지난 후였다. 전직 초기 부품결함으로 인한 상사와의 트러블이 고과에 영향을 미쳤다. 이 시련을 이겨내야 한다는 절치부심의 각오를 다졌다. 프로젝트 완수를 위한 열정과 도전적인 습관으로 인해 맡은 바 업무를 착실하게 추진해 나갔다. 개발부서 직원들은 내가 낙심해서 사직하는 것이 아닌가 하는 걱정스러운 눈으로 보고 있었다. 예상과는 달리 부서를 옮기고 열정적으로 일하는 모습에 응원해 주는 상사 및 임원의 평가에 의해 최단기간 만회하고 과장 승진을 했다. 중학교 시절 가정형편이 추락하면서 겪은 경험으로 인해, 좌절하지 않고 위기에서 벗어나려는 습관이 위기 상황에서 주도적인 행동으로 나온 것이었다. 부서에서 승진 축하 회식이 있었다. 승진자는 물론 부서원과 부서장 모두 들뜬 기분이었다. 고조된 분위기에서 술잔이 돌아가고 취기가 올라왔다. 식사를 마치고 이차 장소로 가기 위해 차에 타면서 '나를 따르라!'라고 말했다.

명품 프로젝트 개발에 최대 250여 명의 많은 인원이 참여하고 있었다. 개발이 종료되고 양산으로 이관되자 많은 개발인력이 타지역 사업장으로 배치전환 되었다. 또 몇 명은 창업 아이템을 들고 벤처 창업의 길로 들어섰다. 그래도 여유 인력을 해소하기 위해서 신규 프로젝트를 창출해야 했다. 파트장 간에 업무분장을 하는데 신규 프로젝트 창출 업무를 맡게 되었다. 명품이 고객에게 인도된 후 운용실적에 대한 데이터를 수집해서 분석하는 업무 내용으로 신규 프로젝트를 창출하는 계획이었다. 프로젝트 창출 과정은 순탄치 않았다. 팀장과 함께 사업기관 담당관을 만나 프로젝트의 필요성을 설명했으나 담당관은 부정적인 의견을 내놓고 있었다. 그러나 이 프로젝트는 외국의 사례를 보거나 명품이 명품으로 나아가기 위해서는 반드시 필요한 과정이었다. 담당관과의 여러 차례 미팅과 프리젠테이션으로 어려움을 겪고 있을 때 다행히 프로젝트 내용의 진의를 알고 있는 타 부처 담당관의 후원으로 프로젝트 창출에 성공했다. 이때 다시 '나를 따르라!'라는 깃발을 흔들었다.

애경그룹의 초대 대표는 채몽인 회장이다. 사업이 크게 성장하고 있었는데, 갑자기 심장마비로 채 회장이 세상을 떠났다. 당시 34세인 장영신 회장은 네 명의 자녀를 키우는 전업주부였다. 충격에서 벗어나기까지 1년여를 집에서 두문불출했다. 남편이 남긴 회사가 걱정되었고, 자녀들의 성장을 위해서도 두려움을 극복해야 했다. 장 회장은 1972년 애경의 사장에 취임하고 국내 최초 여성 CEO로 험난한 경영의 길로 들어섰다. 사업 운영을 이해하기 위해 경리학원에 다니면서 전반적인 지식을 배웠다. 회사에서는 문서가 이해가 안 되면 담당자를 찾아가 설명해 달라고 했다. 미국에서 유학하며 대학에서 화학과를 우수한 성적으로 졸업한 것이 회사 사업을 이해하는 데 도움이 되었다.

1973년 석유파동 당시 특유의 순발력과 도전정신을 발휘하며 수출을 끌어냈다. 장 회장은 뛰어난 협상 능력으로 해외 기업들과의 협업 계약을 성사시켰다. 1984년 영국의 세계 최대 브랜드 유니레버사와 합작해 애경산업(주)을 설립할 때도 유감없이 발휘됐다. '기술과 생산설비는 들여오되 로열티는 받지 말 것'을 요구하는가 하면, '합작은 애경과 유니레버가 각각 50대 50으로 하되 애경이 경영을 주도해야 한다.'라는 등의 조건을 달았다. 장 회장의 한 치의 흔들림도 없는 결단력을 높게 산 유니레버 측은 계약하겠다는 답변을 내놓았다.

화장품 산업으로 영역을 확대하고 계속되는 사업다각화에서 성과를 이뤄냈다. 1990년대 초에는 백화점 사업에 뛰어들며 유통 분야에 진출했다. IMF 외환위기 시기에는 국내·외 협력사의 도움과 신속한 대응으로 극복했다. 2000년대 초 애경그룹은 1조 원 매출을 돌파하면서 국내에서 우수한 중견그룹으로 성장했다. 유통에 이어 항공, 호텔, 부동산 등 다방면에 진출하며 현재 대기업으로 성장했다. 장영신 회장은 '한국 재계의 여장부'로 불린다.

자신의 삶은 자신이 만들어 가는 것이다. 자기 주도적 삶을 살지 않으면 사는 대로 살게 된다. 사람이 살아가는 사회 시스템은 20대 중반까지 학생으로 공부하고, 30여 년 직장 다니고 50~60대에서 은퇴 아닌 퇴직을 하게 된다. 하지만 백세시대에는 시스템이 바뀌어야 한다. 시니어 모델 김칠두 씨는 27년간 순댓국집을 운영하다가 은퇴하고는 연극배우를 하고 있는 딸의 권유로 젊었을 때의 꿈인

모델을 시작했다. 김칠두 씨는 인터뷰에서 "내 심장은 여전히 불타고 있다. 난 행정적으로 노인일 뿐이다."라고 말한다. 미래학자 앨빈 토플러는 "21세기의 문맹은 읽고 쓸 줄 모르는 사람이 아니라, 배운 것을 잊고 새로운 것을 배울 수 없는 사람이다."라고 말했다. 21세기 문맹이 아닌 자기 주도적인 삶에 동참하자.

02
목표를 명확히 하고 실행한다

|

스스로 동기 부여할 수 없는 사람은
다른 재능이 아무리 뛰어나다 하더라도
평범한 삶에 만족할 수밖에 없다.
– 데일 카네기

자신이 가지고 있는 능력 이상의 목표를 달성하기 위해서는 자기 효능감을 높여야 한다. 심리학자 알버트 반두라는 자기 효능감을 구체적인 상황에서 성공할 수 있는 자신의 능력에 대한 신념이라고 정의했다. 자기 효능감은 동기 및 성취, 귀인과도 밀접한 관련이 있다. 예를 들어, 자기 효능감이 높은 사람은 도전적인 과제가 주어졌을 때 쉽게 포기하지 않고 더 큰 노력을 기울인다. 그리고 실패했을 경우에도 원인을 노력이나 능력의 부족보다는 외부 상황으로 기인하는 경향이 높다. 반대로 자기 효능감이 낮은 사람의 경우 어려운 과제에 대해서 쉽게 포기하거나 도전하지 않으려는 성향이 높으며, 원하는 결과를 얻지 못했을 때 그 원인을 자신의 능력이나 노력 부족으로 내부 기인하는 성향이 있다.

자기 효능감을 높이기 위해서는 모든 일에 있어서 긍정적인 시각으로 보는 마음을 유지해야 한다. 업무 수행에서 잘못된 경우에도 자신의 능력이나 노력 부족보다는 외부 상황과 함께 고려해 판단해볼 수 있는 의식적인 노력을 해야 한다.

프로젝트의 목표는 명확해야 한다. 프로젝트에서 달성해야 하는 고객 요구사항이 목표다. 고객 요구사항이 명확하지 않으면 개발 방향을 잡을 수 없다. 사공이 많으면 배가 산으로 가듯이 개발 방향을 명확하게 잡을 수 없으면 프로젝트 추진에 상당한 어려움이 뒤따른다. 이래도 되고 저래도 되고 하는 것은 없다. 개발이 완료되었는데 고객이 요구하는 내용과 다르다면 실패한 것이다. 프로젝트 계약 시 고객 요구사항을 명확히 해야 하는 이유다.

특수 업종 회사 간 장비 개발에 경쟁시스템이 적용되어 S사와 D사의 치열한 사업 수주전으로 전개되었다. 한국에서는 첫 경쟁 사업으로 양사의 자존심이 걸린 영업전략 싸움으로 이어졌다. 시험평가기관에서도 공정성을 기하기 위해 노력했다. 양사에서 개발한 각각의 장비에 대해 고객 요구사항 만족 여부를 확인하기 위한 동시 시험평가를 했다. 여러 가지 시험 항목을 수행하면서 고장 현상이 나오게 된다. 그런데 D사의 장비에서 예상하지 못한 고장 현상이 발생했다. 시험평가 기준인 '고장정의 및 판단기준'이 있었으나 고장 현상과 똑같은 문구는 없다. 해석을 어떻게 하느냐에 따라 구조적 치명 결함인지 생산작업 결함인지 판단을 해야 했다. 하지만 명확하게 결정을 내리는 책임을 누구도 하지 않으려 했다. 경쟁사업의 결말은 정부기관에서 누구의 손도 들어주지 못하여 장기표류 사업으로 남게 되었다.

전 WBC 라이트 플라이급 챔피언 장정구는 1963년 부산 아미동에서 태어났다. 1980년대 한국 복싱계에 살아있는 전설이라 불린다. 아미동 산동네는 전쟁 피난민들의 판잣집 동네로 좋지 못한 주변 환경 탓에 자주 싸움을 했다. 돈이 없어서 초등학교 육성회비를 내면 부족한 금액은 선생이 내주었다. 어려서부터 주먹을 쓸 줄 알았으며, 12세의 나이에 권투를 배우기 위해 체육관에 등록했다. 당시 코치가 '링 밖에서 싸우는 것은 깡패다.'라는 말을 들은 후 싸움을 하지 않았다. 1980년 프로 복싱에 입문하여 2년 후 세계복싱평의회(WBC) 라이트 플라이급 타이틀에 도전했으나 실패했다. 1983년에 상대 선수를 TKO로 꺾고 WBC 라이트 플라이급 세계챔피언이 되었다. 이후 5년 8개월간 방어전에 승리하며 WBC 라이트 플라이급 타이틀 15차 방어에 성공하고 타이틀을 반납했다. 그의 이름은 WBC 선정 '20세기 위대한 복서 25인'과 프로복싱기자협회 선정 '국제복싱 명예의 전당'에 한국 선수 최초로 이름을 올렸다.

40여 년 만에 장정구 선수의 이름이 다시 재조명되고 있다. 2020년 3월 TV조선 '인생다큐 마이웨이'에 출연하여 복싱 외길 인생에서 가수가 되고 싶어 '가수 지망생'의 도전기를 쓰고 있다고 했다. 올해는 OBS TV 〈장정구의 참피온〉프로그램 진행을 하고 시사토크프로그램 김어준의 '다스뵈이다'에 출연했다.

애덤 그랜트는 『오리지널스: 어떻게 순응하지 않는 사람들이 세상을 움직이는가』에서 벤저민 프랭클린, 아인슈타인, 스티브 잡스 등 시대의 흐름을 바꾼 사람들에게는 세 가지 공통점이 있다고 말했다. 첫째, 호기심이 많고, 둘째, 대세에 순응하지 않고 반항적이며, 셋째, 위계질서에 맞설 만큼 잔인하게 정직해서 위험을 무릅쓰고 자기 신념을 관철한 것이다. 이러한 흐름을 바꾼 사례가 한국축구 국가대표팀에서 확인되었다.

2002 한일 월드컵 출전을 위한 한국축구 국가대표팀 감독으로 거스 히딩크 감독이 선임되었다. 히딩크 감독은 1년 6개월 만에 한국축구를 역사상 처음으로 월드컵 4강에 진출시켰다. 이전까지 한국축구는 정신력과 체력이 강하고 기술력이 떨어진다고 평가하고 있었다. 그래서 대표팀 감독 선정 기준에 선진 축구의 기술을 전수해 줄 수 있는 감독을 요구했다. 하지만 히딩크는 감

독에 선임되고 나서 한국축구의 문제점을 기술이 아닌 정신력과 체력이라고 했다. 그리고 선수 선발에 있어서 학연, 지연 등을 배제했으며, 선수 간의 위계질서를 무너뜨렸다. 선임 선수든 나이 어린 선수든 경기 중에는 반말을 허용하며 조화를 요구했다.

이러한 히딩크의 강력한 조치가 가능한 것은 감독 선임 전 사전에 약속받고 수락한 때문이다. 대표팀은 선진국들의 축구 대표팀과 평가전을 거치면서 5 대 0 스코어로 패배하기도 했다. 국내 유명 지도자들의 비난과 국민의 원성이 심했으나 히딩크는 꿈적하지 않았다. 월드컵 본선 직전까지 훈련의 중점은 상대 팀 보다 한 발 더 뛰면서 팀의 빈 곳을 채워주는 것이었다. 지치지 않는 체력으로 끊임없이 상대 선수를 압박하며 괴롭히도록 했다.

이러한 전략은 세계 최고의 선수들을 끝까지 달라붙어 상대가 기술을 사용하지 못하도록 무력화시켰다. 이와 같은 히딩크의 명확한 분석과 훈련 전략은 월드컵 16강의 꿈을 넘어 4강의 신화를 남겼다.

한국인은 학연, 지연, 혈연 등의 관계로 엮이는 것을 좋아한다. 그래서 스포츠계에서 선수를 뽑을 때 동등한 실력이거나 조금 떨어지더라도 학연 등 연고가 있는 선수를 뽑았다. 그렇다 보니 위계질서에 잡혀 선배의 실수에 대해서는 눈감는 경우가 생기게 된다. 이러한 외부로 드러나지 않는 오류를 히딩크가 파고든 것이다.

오직 실력에 의해 대표선수를 선발하고 팀 내 뿌리 깊은 위계질서를 무너뜨렸다. 그리고 월드컵 16강 진출이라는 목표에 선수들이 집중할 수 있도록 했다. 이충호 작가는 저서 『십대, 꿈을 이루어주는 습관의 힘』에서 목표설정의 효과를 여섯 가지로 말하고 있다.

첫째, 목표를 세우면 자기가 하는 일이 분명해지고, 그 목표를 달성하기 위해 모든 정열과 노력을 그 목표의 실현에 집중하게 된다.

둘째, 목표를 세우면 사람의 마음은 무의식적이라 할지라도 목표가 있는 방향으로 이끌려가게 된다. 특히 명확한 목표를 가지고 있으면, 마음은 언제나 그 목표에 집중되고 그것을 실현하기 위해 전진하게 된다.

셋째, 목표를 세우면 가는 방향이 분명해지므로 그 길에서 벗어나지 않으며, 외부의 방해나 혼란으로부터 벗어날 수 있다. 쓸데없는 일에 시간과 정열을 낭비하지 않으며, 한눈팔지 않고 자기 일에 집중할 수 있다.

넷째, 목표를 세우면 시간을 아껴 쓰고, 계획적인 생활을 하고, 또 자기가 한 말에 대해서 책임을 져야 하므로 태도에도 신중을 기하게 된다.

다섯째, 목표를 세우면 늘 그것만을 생각하게 되므로, 잠재능력이 발휘되어 아이디어와 창의력이 생기게 된다.

여섯째, 목표를 세우면 그 목표를 달성할 수 있는 구체적인 실천 계획을 끌어낼 수 있다.

자신에게 익숙한 습관은 쉽사리 새로운 습관으로 바뀌지 않는다. 새로운 습관이 자리 잡기 위해서는 상당 기간 의식적, 반복적으로 행동해야 한다. 습관을 바꾸기 위해서는 목표를 명확히 하고 흔들림 없이 실행해야 한다. 히딩크 감독은 한국축구계의 습성을 사전에 알고 감독 선임 전에 자신의 요구사항을 확실하게 다짐받았다. 평가전에서 큰 스코어의 패배로 국내 지도자의 비난과 국민의 원성에도 히딩크 감독은 자신의 신념을 굽히지 않았다. 자신이 세운 훈련 목표와 전략을 명확히 하고 선수들에게 지시했다. 이러한 히딩크의 신념이 대표 선수들에게 전달되었다. 선수들도 옛 지도자에게서 익힌 습관을 버리고, 새로운 습관과 최고의 능력을 발휘하는 것으로 화답을 하였다.

03
작은 것부터
성공 체험을 쌓는다

가령 자신이 지금보다 훨씬 더 큰일을 할 사람이라고 생각하더라도
그 큰일은 아주 사소한 일이 쌓여 축적된 결과임을 기억하라.
— 시부사와 에이치

애플의 창업자 스티브 잡스는 2005년 스탠퍼드 대학의 졸업식
연설에서 '연결되는 점들(Connecting the Dots)'을 강조했다.

"지금 여러분은 미래를 내다보고 점과 점을 연결할 수는 없다.
다만 현재와 과거의 점들을 연관시켜볼 수 있을 뿐이다. 그러므
로 여러분이 현재의 순간들은 미래에 어떤 식으로든 연결된다
는 걸 믿어야 한다. 이런 삶의 방식은 나를 실망하게 한 적이 없
다. 그것이 내 인생에서 남과 다른 것을 만들어냈다."

프로젝트를 시작하기 전에 계획을 세우게 된다. 기법으로는 주

로 간트 차트(Gantt chart)를 사용한다. 간트 차트는 프로젝트의 일정을 편리하게 관리하기 위한 바(bar) 형태의 도구이다. 프로젝트를 성공적으로 완료하기 위해 추진내용을 대분류(주요 항목)로 구분하고, 대분류는 중분류(세부 항목)로 나누게 된다. 중분류는 다시 소분류(세세부 항목)로 나누고, 계속하여 최소 단위 항목까지 작게 구분하게 된다. 계획이 수립되면 담당자들은 최소 단위의 항목부터 업무를 수행하게 된다. 최소 단위의 항목을 하나씩 이루어나가다 보면 자신의 손을 거쳐 부품이 완성된 모습을 보게 된다. 담당자는 초기 단계에서 작은 성취의 뿌듯함을 느끼게 된다. 부품 완성이라는 작은 성취의 과정이 서로 연결되어 결합되면 상위 단계인 조립체가 완성된 모습을 보게 된다. 작은 성취보다 한층 높아진 성취의 기쁨을 맛보게 된다. 이러한 부품의 연결에서 조립체의 연결로 이어지는 과정을 거쳐 최종 완제품이 완성된다. 담당자는 프로젝트가 성공적으로 완성되어가는 모습을 그려보며 자신감이 생기게 된다. 이렇게 작은 성취들이 연결되는 과정으로 완제품 형상이 가시화되고 시험평가를 거쳐 프로젝트가 성공적으로 완료되면 성공이라는 큰 성취의 기쁨을 얻게 된다.

우리는 일상의 작은 일에서부터 성공 체험을 쌓게 된다. 성공 체험을 쌓는 데 포스트잇을 사용하면 편리하다. 일과를 작성하고 그날 해야 할 일을 각각 포스트잇에 적어놓는다. 포스트잇을 책상 주변 잘 보이는 곳에 붙여놓게 된다. 일을 하나씩 처리해 나갈 때마다 포스트잇을 떼어내면 남아있는 일들을 쉽게 알 수 있다. 포스트잇을 하나씩 떼어낼 때 느끼는 성취감은 노트에서 목록을 빨간색으로 지운다거나 스마트폰에서 지워내는 성취감보다 더 짜릿하다. 최종적으로 하루의 마지막 포스트잇을 떼어내게 되면 오늘도 성공적인 하루 일을 마무리했다는 감동이 올라온다.

이러한 작은 것부터 성공 체험을 쌓아가는 방법의 중요성을 경영에 적용하는 사례도 있다.

이와타 마쓰오 작가의 저서 『결국 성공하는 사람들의 사소한 차이』에 마쓰시타 전기의 창업자이자 '경영의 신'으로 불리는 마쓰시타 고노스케 회장에 관한 유명한 일화가 나온다.

어느 날 마쓰시타가 제조 현장에 갔을 때 마지못해 전구를 연마하는 직원에게 이렇게 말했다.

"자네는 정말 훌륭한 일을 하고 있구만." 이 말을 들은 직원이 반문했다.

"네? 저는 전구를 연마하고 있을 뿐인걸요. 이런 작업이야 누구나 할 수 있고 더 근사한 일이 얼마든지 있지 않습니까?"

그러자 마쓰시타가 이렇게 대답했다.

"자네가 만드는 그 전구가 동네 골목길을 환히 밝힐 걸세. 늦은 밤 역에서 집까지 컴컴한 길을 겁먹은 채 걸어가야 하는 여성이 있네. 그녀는 늘 불안해하며 집으로 돌아갔지만, 오늘부터는 자네가 만든 전구 덕분에 안심하고 걸어갈 수 있지. 일하는 엄마가 컴컴한 저녁이 되어서야 집으로 돌아오는데, 엄마는 너무 어두워서 아이에게 『울트라맨』 그림책을 읽어 줄 수 없지. 하지만 자네가 만든 전구가 집 안에 켜지면 아이는 늦은 밤에도 엄마가 읽어 주는 그림책을 들을 수 있지 않은가. 매일 밤 울트라맨이 찾아오는 거지. 자네는 정말로 값진 일을 하고 있잖은가."

많은 생산 현장에서 유사한 상황을 마주하게 된다. 일이란 것이 전부 좋은 일만 있을 수 없다. 단지 그 일을 하는 직원이 어떠한 마음을 갖고 일을 하느냐에 따라 다르다. 이런 면에서 마쓰시타 회장의 경영 능력을 확인해 볼 수 있다. 마쓰시타 회장의 이야기를 들은 직원의 마음이 어떠했겠는가? 마쓰시타 회장은 단순한 작업을 하는 직원의 마음가짐을 바로 잡아주었다. 제품이 완성되어 고객들이 누리게 되는 기쁨을 직원이 느끼도록 해 준 것이다. 직원은 분명 자신이 하는 일에 자부심을 갖게 되었을 것이다. 자신이 하는 작업이 누구나 할 수 있는 단순한 작업이라 해도 어떤 마음가짐으로 하는가에 따라 성취의 기쁨을 얻거나 또는 마지못해서 하는 일이 된다.

성공한 사람들은 자신만의 성공 습관을 갖고 목표를 향해 나아간다. 습관은 반복적인 행동으로 의식에 의한 규칙적인 행위이며, 자동적으로 행해지게 된다. 성공 습관을 자동적으로 의식화하는 과정에는 아주 작은 일의 성공을 습관화하는 것에서 시작된다. 자신의 의식 속에 아주 작은 일을 성공 습관으로 확고히 하는 것이다. 그러면 아주 작은 일에서 시작된 작은 성공 습관이 다음 작은 성공으로 이어지고 작은 성공 습관은 자연스럽게 의식화된다. 제임스 클리어 작가의 저서 『아주 작은 습관의 힘』에는 현대의 최고 안무가이자 무용가 트와일라 타프의 작은 성공 습관 사례가 나온다.

"나는 평생 한 가지 의식으로 하루를 시작합니다. 오전 5시 30분에 일어나 운동복을 입고, 레그워머를 착용하고, 스웨트셔츠와 모자를 걸치죠. 그리고 나서 맨해튼에 있는 집에서 걸어 나와 택시를 부르고, 운전기사에게 91번가의 1번 길에 있는 펌핑 아이런 체육관에 가자고 말하고, 그곳에서 두 시간 동안 연습을 해요. 내가 말하는 의식은 체육관에서 매일 아침 스트레칭을 하고 웨이트 트레이닝을 하는 신체적인 것이 아니에요. 바로 택시 잡기죠. 택시 운전사에게 어디로 가달라고 말하는 순간, 의식이 완성됩니다. 간단한 행동이지만 매일 아침 똑같은 행동을 습관으로 만들었어요. 계속 반복해서 하기 쉽게 만든 것이에요. 이는 그 행동을 건너뛰거나 하기 어려워지는 경우를 줄여줍니다. 일상적인 무기가 하나 더 늘어날수록 생각할 것이 더 줄어드는 거죠."

규칙적인 성공 습관을 만들기 위해서는, 어떠한 초기 행동을 의식적으로 하게 하여 작은 습관으로 이어지도록 만들어야 한다. 초기 행동이 성공적으로 행해지면 자동적으로 다음 행동을 하게 되는 것이다. 트와일라는 체육관에서 운동을 하기 위한 자신의 행동을 작은 행동까지 세부적으로 분석했다. 작은 행동을 분석하여 자신이 체육관에서 운동하게 하는 시발점을 찾았다. 트와일라는 시발점을 '택시 잡기'에서 찾았고, '택시 잡기'라는 작은 습관을 의식화하여 매일 체육관에 가는 것을 건너뛰거나 어려워하지 않도록 했다.

성공한 사람들은 변화를 위한 도전을 해온 사람들이다. 하지만 삶이 만족스럽고 행복한 사람은 변화를 거부한다. 미켈란젤로는 '작은 일이 완벽함을 만든다. 그리고 완벽함은 작은 일이 아니다.'라고 말했다. 변화는 단번에 이루어지는 것이 아니다. 작은 것에서

부터 변화가 이루어지고 작은 것들이 서로 연결되어가는 과정에 어느새 미래 변화된 모습이 나타나게 된다. 변화의 열쇠는 자신이 갖고 있다. 어떠한 초기 행동을 열쇠라는 작은 습관으로 작동하게 할 것인지 자신의 습관적 행동에서 찾아보면 된다. 그리고 초기 행동이 작은 습관으로 성공하는 체험을 쌓게 되면 변화로 가는 습관은 자동적으로 행하게 된다.

04
책에서 지혜와 전략을
습득한다

좋은 책을 읽는다는 것은 지난 몇 세기에 걸쳐
가장 훌륭한 사람들과 대화하는 것과 같다.
– 르네 데카르트

국어사전에서 지혜는 '사물의 이치를 빨리 깨닫고 사물을 정확하게 처리하는 정신적 능력'이고, 전략은 '정치, 경제 따위의 사회적 활동을 하는 데 필요한 책략'이라고 정의되어있다. 책은 삶의 지혜와 전략을 가장 쉽게 체득할 수 있는 도구가 된다. 선조들의 기록, 위인들의 기록, 성공한 기업가의 자서전이나 경영서 등의 책에서 세상의 지혜와 전략을 얻을 수 있다. 한국은 인터넷과 스마트폰 보급률 세계 1위라고 한다. 한국은 IT 기기 테스트장이 되었다. IT 기기를 개발하고 한국에서 성공하지 못하면 다른 나라에서도 성공할 수 없다. 반면에 한국인의 독서량이 해외 국가와 비교해서 바닥 수준을 헤매고 있다는 것은 부끄러운 일이다. 선진국의 면모를 유지하기 위해서는 한국인의 독서량을 높일 수 있는 지혜와 전략이 시급하다.

유명한 사람들은 하나같이 책에서 지혜와 전략을 습득했다고 말한다. 미래학자 앨빈 토플러는 "21세기의 문맹자는 글을 읽을 줄 모르는 사람이 아니라 학습하고 교정하고 재학습하는 능력이 없는 사람이다."라고 말했다. 마이크로소프트 창업자 빌 게이츠는 "오늘의 나를 있게 한 것은 우리 마을 도서관이었고, 하버드 졸업장보다 소중한 것이 독서하는 습관이다.", 그리고 애플 창업자 스티브 잡스는 "소크라테스와 한 끼 점심 식사를 나눌 수만 있다면 자신의 전 재산을 다 바쳐도 좋다." 등 책의 중요성을 깨우쳐 주고 있다.

회사 입사 후에는 일반 도서를 보는 것과는 거리가 멀었다. 대학을 졸업하고 취업하면 '공부에서 해방이다.'라는 사회 인식이 팽배했다. 회사 업무를 위한 전문 서적을 보았으며, 어학 능력 향상을 위한 노력을 했다. 전직 후 '신경영 7·4제' 근무로 바뀌면서 자기계발을 위한 일반 도서를 구입해서 읽게 되었다. 인문 고전 해설서, 경영서, 성공한 기업가 자서전 등 성공학 도서류이다. 지그 지글러의 '정상에서 만납시다', 스티븐 코비의 '성공하는 사람들의 7가지 습관' 등의 책도 만나게 되었다. 주식 관련 서적도 여러 권 구입해서 읽었지만 돈을 버는 데는 도움이 안 되었다. 이러한 책 읽기는 과중한 회사 업무와 스트레스를 해소하는 활력소가 되었다. 필자의 본격적인 독서는 퇴직 전 도서관을 찾으면서 시작되었다. 지푸라기라도 잡는 심정으로 시작한 독서는 '한 권의 책'을 만나면서 마음 한구석에 있던 책 쓰고 싶다는 욕구를 자극했다. 책에서 가르쳐주는 길을 따라 행동으로 실천하고, 이를 시작으로 지금 두 번째 책을 쓰고 있다.

세계에서 가장 책을 많이 읽는 민족은 유대인이다. 작가는 많은 독서를 통해 자신의 사상과 철학 및 논리를 바탕으로 해야 한다. 그런데 유대인 9명 중 1명은 작가라고 한다. 유대인은 책을 버리지 않는 것으로도 유명하다. 그래서 유대인 사회에는 헌책방이 없다.

노벨 생리·의학상 수상자 피터 도허티 교수는 2006년 고려대 강연에 참석하여 "독서가 노벨상 수상의 원동력이다. 어렸을 때 아버지와 할머니가 책을 많이 읽어 주었고, 6세 무렵부터 혼자 책을 읽기 시작했다. 독서의 이유는 아이디어를 얻기 위해서다. 텔레비전은 독서보다 깊이 있는 내용을 전해주지 못한다."라고 말했다.

이지성 작가는 저서 『리딩으로 리드하라』에서 영혼의 투자자라고 불리는 존 템플턴에 대해서 다음과 같이 기록하고 있다.

존 템플턴은 겸손한 성품의 소유자답게 자신의 인문고전 독서

경력에 대해 구체적인 언급을 하지 않았다. 하지만 그의 대표 작인 『템플턴 플랜』을 보면 많은 서양 고전의 뿌리가 된 『성경』 이야기가 주를 이루고 안티파네스, 노자, 파스칼, 토머스 칼라일, 필립 체스터필드, 헨리 아미엘, 찰스 디킨스, 월트 휘트먼 같은 인문고전 저자들의 말이 수시로 인용되고 있다. 또한 어떻게 하면 성공할 수 있느냐는 질문에 "자기 자신을 살아 있는 도서관으로 만들라."라고 대답했을 정도로 유명한 독서광이었다는 점, 월스트리트의 철학자라는 소리를 들을 정도로 '영혼의 성장'이라는 철학적 주제에 평생 천착한 점, 가능하면 책을 읽는 시간 가운데 일부라도 할애해서 정신을 맑게 해주는 책을 읽으라고 조언했던 점, 고등학생과 대학생에게 윤리학·종교·철학 분야의 책을 두루 읽으라고 강조했던 점 등을 보면 그가 열성적인 인문고전 독서가였으리라고 어렵지 않게 짐작할 수 있다. 한편으로 그는 진정한 부자가 되기 위한 스물한 가지 삶의 원칙을 담은 『템플턴 플랜』에서 자신은 독서에서 얻은 지식을 토대로 세상 사람들이 행운이라고 부르는 것을 얻었노라고 고백했다. 그가 말한 '독서'는 당연히 인문고전 독서다.

프랑스 작가 앙드레 지드는 "인간이 자기의 정신에서 만들어 낸 것 중에서 최대의 것은 책이다."라고 말했다. 삼성그룹의 이병철 회장은 〈논어〉를 읽고 영향을 받아 기업을 경영했다고 했으며,

현대그룹의 정주영 회장은 〈채근담〉과 〈대학〉을 통해서 회사를 이끌어 갈 수 있는 힘을 얻었다고 했다.

임성훈 작가는 자녀들을 행복한 천재로 키우는 비법을 담은 『칼 비테의 인문고전 독서교육』을 출간했다. 임 작가는 두 아이를 키우면서 아이들을 '불행한 영재'가 아니라 '행복한 천재'로 키우는 것이 부모의 소명이라는 것을 깨달았다고 밝혔다. 그는 "천재란 자신만의 뛰어난 잠재력을 최대한으로 끌어올려 세상에 도움이 되는 사람이며, 영재교육의 전설인 칼 비테 교육법 중에서도 특히 인문고전 독서교육을 통해 아이들을 행복한 천재로 키울 수 있다."라고 말했다.

이지성 작가는 한국에서 인문고전 독서를 자녀에게 직접 가르친 사례를 소개하고 있다. 단국대학교 이해명 교수는 유학생활을 마치고 돌아와 둘째 아들에게 인문고전 독서를 가르쳤다. 초등학교 5~6학년 때에는 『명심보감』, 『논어』, 『맹자』의 한문 원전을 필사하면서 외우는 방식으로 읽혔다. 중학교 때에는 장자의 『장자』, 사마천의 『사기열전』, 호메로스의 『일리아스』와 『오디세이아』, 볼테르의 『영국인에 관한 서한』, 에드워드 기번의 『로마제국 쇠망사』, 애덤 스미스의 『국부론』 등을 원서로 읽혔다. 고등학교 때에는 플라톤의 『국가』, 아리스토텔레스의 『정치학』, 마키아벨리의 『군주론』, 루소의 『사회계약론』, 셰익스피어의 희곡집, 괴테의 『파우스트』, 마르크스의 『자본론』, 프로이트의 『꿈의 해석』 등을 원

서로 읽혔다.

이 교수의 아들은 고등학교 재학 시절 5회 응시한 전국논술경시대회에서 최우수상을 3회 수상했고, 2회 입상했다. 심사위원들은 이렇게 평했다. "고등학교 2학년생의 글이라고 믿기 어려울 정도로 탁월한 완성도를 보여준다. 평자가 강평에서 쓰고자 했던 내용이 이미 답안에서 거의 완벽에 가깝게 논의되고 있어서, 평자가 더는 첨가할 사항이 없다."라고 말했다.

책에서 지혜와 전략을 습득하는 데 체계적인 독서가 요구된다. 학교에서는 독서를 많이 하라고만 하지 체계적인 독서에 대하여 가르쳐 주지 않았다. 교사도 체계적인 독서에 대해서는 잘 모를뿐더러, 교사는 학생들이 우수한 학교에 많이 합격하는 것을 목표로 가르쳤다. 찰스 다윈은 『진화론』에서 "강한 종이 살아남는 것이 아니라 환경에 적응하는 종이 살아남는다."라고 말했다. 한국은 현재 IT 업종의 세계 강자의 위치에 있지만, 한국인의 독서가 뒷받침되지 않는다면 머지않아 글로벌 환경에서 밀려나게 될 것이다. 정부 정책을 탓하기 이전에 자신부터 독서 습관을 바꾸고, 후대에는 체계적인 독서가 자연스러운 과정이 되도록 해야 한다.

05

경청을 하고 나서
변화를 도모한다

현인은 말을 잘하는 사람의 말에만 귀를 기울이지 않고,
말의 서투른 사람의 말도 귀담아듣는다.
- 공자

탈무드에 다음과 같은 말이 있다.

"사람에게 하나의 입과 두 개의 귀가 있는 것은 말하기보다 듣기를 두 배로 하라는 뜻이다."

미국 처세술 전문가 데일 카네기(Dale Carnegie)에 대한 일화가 있다. 카네기가 어느 모임에 참석하게 되었다. 모임 참석자 중에는 저명한 식물학자가 있었는데, 카네기는 식물학자와 자리를 함께하게 되었다. 카네기는 평소 식물에 대한 관심이 많아 식물학자가 하는 말에 흥미를 보이며 열심히 경청했다. 그리고 듣는 중간 "네,

그렇군요." 혹은 "아, 네~."하며 추임새 놓듯 박자를 맞춰주었다. 얼마 후 들려오는 이야기가 있었는데, 데일 카네기는 대화의 명수 라는 칭찬이었다. 그래서 알아보니 식물학자가 만나는 사람마다 자신을 칭찬했다는 것이었다.

경청을 잘하려면 자기 말을 많이 하기보다는 상대방의 말을 잘 들어주고, 그가 하는 말에 공감해 주어야 한다. 상대방의 이야기 를 재미있게 들어주고 가끔 맞장구까지 해준다면, 상대방은 더욱 신이 나서 말하게 된다. 하지만 말을 하기 좋아하는 사람이 상대 방의 이야기를 두 배로 들어주는 것은 상당한 노력과 인내가 요 구된다. 상대방의 이야기를 들어주다가도 어느새 자신이 말을 많 이 하고 있게 된다. 상대방의 말에 공감해 주기 위해서는 상대방 의 말을 잘 들어야 대화의 적절한 타이밍에 공감해 줄 수 있다. 맞 장구를 쳐주기 위해서는 상대방의 말을 더욱 세심하게 듣고 있어 야 가능하다.

직장 상사가 이야기하는데 딴 곳을 쳐다보거나 스마트폰을 쳐 다보고 있으면 상사는 부하직원에 대한 나쁜 감정을 가지게 된다. 이런 반응은 반대로 부하직원이 나서서 이야기하는 경우에도 마 찬가지다. 부하직원이 얘기할 때 상사나 동료가 얘기를 공감해 주 고 좋은 의견이라고 맞장구를 쳐주어야 한다. 그러면 부하직원은 신이 나서 얘기를 하게 되고 자신이 한 얘기를 실천하려고 노력하게 된다. 주나 월간 단위로 회의실에 모여 각 담당자가 부서별로 발표를 하게 된다. 그러면 담당자는 자신이 발표할 순서를 기다리게 되는데 바로 앞 담당자가 발표할 즈음에는 발표내용에 관심이 없다. 자신이 발표하게 될 내용을 확인하고 예상 질문을 생각하느라 제대로 경청이 안 된다. 만일 앞 담당자가 자신이 발표할 내용과 관련된 발표내용이 있어서 갑자기 자신에게 질문이 오게 되면 당황하게 된다.

월터 아이작슨은 미국을 대표하는 저널리스트이자 역사가다. 아이작슨은 대화를 경청하고 상대방으로 하여금 말을 하게 하는 능력이 뛰어났다. 아이작슨은 자신을 "나는 사람들에게 질문하고 대답 듣는 것을 좋아했습니다. 이야기를 통해 사람들을 알아가는 과정이 내겐 쉬운 일이었어요. 게다가 자료와 보고서들을 갖고 역사적 맥락에 맞게 이야기로 엮는 일이 내 적성에 잘 맞았습니다. 잡스는 저널리스트이면서 역사가인 사람을 원했습니다. 거기에 내가 들어맞았던 것이겠지요."라고 말했다.

아이작슨이 쓴 스티브 잡스의 전기 『스티브 잡스』는 한국어로 번역되어 출간되었는데 한국에서 60만 부가 팔렸다. 이 일이 계기가 되어 아이작슨은 한국 워싱턴 특파원들과 인터뷰를 하게 되면서 알려지게 되었다.

스티브 잡스는 췌장암 진단을 받고 첫 수술 후인 2004년 아이작슨에게 전기 집필을 부탁했다. 아이작슨은 잡스의 사정을 알게 되고 잡스가 숨질 때까지 7년간 50번이 넘게 인터뷰를 했다. 인터뷰는 잡스의 정원이나 집 주변을 산책하면서, 그리고 식사를 하면서 했다. 아이작슨은 저널리스트로서의 자신의 경청 기술을 다음과 같이 말한다.

"나는 사람들이 늘 자기 이야기를 하고 싶어 한다는 사실에 놀라곤 합니다. 비결 같은 건 없습니다. 때론 조용히 앉아서 참을성을 갖고 기다립니다. 그러면 사람들은 자신의 이야기를 들려줍니다."

경청을 잘하는 자세는 배려와 연관이 있다. 다른 사람이 얘기하는데 그 사람과 일전에 좋지 않은 감정이 있었다면, 그 사람이 얘기하는 내용을 제대로 받아들일 수 없다. 그 사람이 하는 얘기에 편견을 갖게 되고, 좋은 내용도 사심을 갖고 듣게 된다. 나중에는 그 사람의 의견에 태클을 걸거나 다른 주장을 하게 된다. 이러한 상황을 잘 대처하기 위해서는 자신의 마음가짐이나 행동에 있어서 덕을 키워야 한다.

벤저민 프랭클린은 젊은 시절부터 13가지 덕목을 적고 실천했다.

첫째, 절제. 둔감해질 때까지 먹지 않는다. 과도하게 마시지 않는다.

둘째, 침묵. 남들이나 자신에게 유익한 말이 아니면 하지 않는다. 잡담을 피한다.

셋째, 질서. 모든 것이 제자리에 있게 한다. 정해진 시간에 정해진 일을 한다.

넷째, 결단. 해야 할 일이 있다면 결심한다. 결심한 일은 반드시 행한다.

다섯째, 검소. 남들이나 스스로에게 좋은 것이 아니면 지출하지 않는다. 아무것도 낭비하지 않는다.

여섯째, 근면. 시간을 낭비하지 않는다. 항상 유용한 것을 한다. 모든 불필요한 일을 중단한다.

일곱째, 정직. 유해한 거짓말을 하지 않는다. 순수하고 공정하게 생각하고, 말해야 한다면 그에 맞춰 말을 한다.

여덟째, 공정. 악을 행하거나 네 의무인 선을 행하지 않음으로써 남에게 피해를 주지 않는다.

아홉째, 중용. 극단을 피한다. 분노할 만한 경우라고 생각할 때에도 분노를 삼간다.

열째, 청결. 신체, 의복, 거주지에 불결을 용납하지 않는다.

열한째, 평정. 사소한 일, 흔한 사고, 피할 수 없는 일에 동요하지 말라.

열둘째, 순결. 성행위는 건강이나 후손을 위해서만 하고 절대

무감각하고 나약해질 만큼 혹은 너 자신이나 타인의 평화와 평판에 해가 될 만큼 하지 않는다.

열셋째, 겸손. 예수와 소크라테스를 본받는다.

경청을 잘하기 위해서는 4가지 자세를 유지해야 한다.

첫 번째, 대화하는 당사자의 시선을 맞춰준다. 시선을 맞춰주면 상대방이 자신의 얘기를 잘 들어주고 있다고 생각한다. 그러면 대화하는 분위기도 살아나고 무슨 얘기를 더 해주고 싶은 마음을 갖게 된다. 이때 상대방이 잠시 기다려주기라도 하면 계획에 없던 다른 얘기까지 해주게 된다.

두 번째, 상대방의 대화에 추임새를 놓거나 맞장구를 치는 것이다. "응, 그렇지.", "네, 맞아요."라든가 "그래서 그렇게 되는 거군요?"라는 말을 대화 중간에 한 번씩 해준다. 그러면 상대방은 더욱 신이 나서 안 하려던 얘기도 생각이 나서 하게 된다.

세 번째, 상대방이 했던 말을 확인차 반복해서 해준다. 전문 상담원은 상대방의 고민이나 문제를 들어가며 상담을 진행한다. 상담을 진행하면서 상담원은 자신의 생각이나 의견을 얘기하지 않는다. 다만 상담자의 얘기를 듣고는 '이러이러한 얘기가 맞죠?' 하면서 확인을 위해 반복하여 얘기한다. 그러면 상담자는 상담원이 자기 얘기를 잘 이해하고 공감해 주고 있어 마음속에 있는 얘기를 더 하게 된다. 상담자는 자기 고민을 잘 들어주는 상담원을 만

나서 기쁜 감정을 갖게 되고 자연스럽게 많은 말을 하게 된다.

네 번째, 대화 중간에 가끔 질문 형식의 말을 한다. "그래, 그래서?", "그리고 다음은요?" 하면서 상대방의 얘기를 집중해서 듣고 있다는 질문을 하는 것이다.

경청을 잘하고 변화를 도모하기 위해서는 인내심이 필요하다. 중국의 당태종은 위징의 간언을 200번이 넘도록 들어주며 참아냈다. 조복진간(朝服進諫)의 유명한 이야기가 있다. 하루는 당태종이 불같이 화를 내며 황제를 능멸한 위징을 죽여버리겠다고 장손황후에게 토로했다. 이 말을 들은 황후는 조용히 물러나 공식 행사복인 조복으로 갈아입고 큰절을 올렸다. 무슨 일인지 궁금해하는 태종에게 "군주가 밝아야 신하가 곧은 법입니다. 위징이 곧은 것은 폐하가 밝다는 뜻이니 경하할 일입니다."라고 했다. 이러한 황후의 지혜로 황제는 위징에 대한 노여움을 풀었다. 상대방의 말을 제대로 경청해주는 습관을 익혀야 한다. 단지 경청을 잘한다는 습관으로 상대방의 변화를 도모할 수 있게 해준다.

06
시너지 효과를
최대한 활용한다

유전자는 어떤 성향을 갖게 만들기는 하지만,
미리 결정하지는 않는다.
— 거버 메이트

시너지 효과(synergy effect)의 사전적 의미는 상승효과(相乘效果)라고 번역된다. 즉, '1+1'이 2 이상의 효과를 낼 경우를 가리키는 말이다. 예를 들어 경영다각화 전략을 추진할 경우, 이때 추가되는 새로운 제품이 단지 그 제품값만큼의 가치만이 아닌 그보다 더 큰 이익을 가져올 때를 말한다.

알베르트 아인슈타인은 "배우면 배울수록 자신이 아무것도 몰랐다는 사실을 깨닫게 된다. 깨달으면 깨달을수록 더욱더 배우고 싶어진다."라고 말했다. 배우면 배울수록 배운 지식에 의해 상호 시너지 효과가 나오고, 깨달으면 깨달을수록 깨달은 지혜에 의해 상호 시너지 효과가 나오게 된다. 이제까지 책에서 말하고 있는 내용, 즉 '3장 습관을 다루는 생각의 비밀'에 기록된 각 꼭지의 내용은 연관되어 상호 시너지 효과를 가져다줄 수 있다.

첫째, 혼자가 아닌 성공 멘토와 함께한다. 인생에서 성공 멘토를 찾게 된다면, 성공으로 가는 부의 추월차선에 올라타는 것이다. 성공 멘토로부터 무엇을 어떻게 할 것인지 배움으로써 성공으로 가는 프로세스에 함께하게 된다.

둘째, 생각의 원칙을 세우고 생각대로 산다. 나폴레옹 힐의 말처럼 생각은 구체적으로 하고, 선택은 결과를 만들어내고, 사람은 생각하는 대로 살고, 긍정적인 자세를 하고, 의식은 한 번에 하나의 생각이나 감정만 받아들인다.

셋째, 믿음으로 뚜벅뚜벅 걸어간다. 오프라 윈프리의 주문처럼 남들의 호감을 얻으려 하지 말고, 앞으로 나아갈 때 외적인 것에 의존하지 말고, 일과 삶이 최대한 조화를 이루고, 주변에 험담하는 이들을 멀리하고, 절대로 포기하지 않는 것이다.

넷째, 상상의 힘으로 마인드를 업그레이드한다. 꿈을 키우기 위해서는 긍정적인 상상을 해야 한다. 부정적 상상은 덮어쓰기를 해서 긍정적 상상으로 바꾸면 된다. 꿈을 생각하면 마음이 두근거리고 상상만 해도 즐거워야 한다. 그러면 반드시 꿈이 실현된 자신을 발견하게 된다.

다섯째, 끌어당김의 법칙을 생활화한다. 우리가 무엇을 생각하느냐에 따라 끌어당기는 힘이 작용한다. 끌어당기는 힘은 긍정적인 생각이든 부정적인 생각이든 무조건 끌어당긴다. 부정적인 생각은 '난 할 수 있어, 누가 이기나 보자.'라고 긍정적인 생각으로 덮어버린다. 그러면 긍정적인 생각으로 끌어당김의 법칙이 작용하게 된다.

여섯째, 세상은 당신의 명령을 기다리고 있다고 생각한다. 성경의 욥기 22:28을 기억하라. '그대가 무언가를 명령하면 그 일이 그대에게 이루어질 것이오. 빛이 그대의 길 위를 비추리라. 그대가 명령하면 나는 그대에게 다가갈 것이요, 빛은 그대의 길을 밝히리라.'

일곱째, 결국 당신이 이길 것이라고 생각한다. 인간이 경험하는 역경은 대부분 그들이 스스로 자초한 것이다. 역으로, 스스로 자초한 역경을 헤쳐 나갈 수 있는 사람은 자신밖에 없다는 것이다. 결국 역경의 승리자는 당신이 될 수밖에 없다.

여덟째, 인생 목표와 전략을 리모델링해 나간다. 마크 앨런이 "나는 매일 모든 면에서 점점 나아지고 있다. 한동안 이 말을 믿고 지내보라. 그러면 진짜 그렇게 되는 경험을 할 것이다."라고 한 말을 기억한다.

이러한 여덟 가지 생각의 비밀을 진실하게 믿을 수 있는 내면의 의식을 확고히 해야 한다. 내면의 의식에서 여덟 가지 생각의 비밀을 융합할 수 있게 되면 엄청난 시너지 효과를 가져다줄 것이다. 이러한 시너지로 자신의 잘못된 습관을 다룰 수 있게 되며, 더불어 시너지가 더해진 성취하는 생활의 기쁨을 누리게 될 것이다.

노벨물리학상 수상자인 필립 앤더슨(Philip Anderson)은 1972년도 〈사이언스〉에 '많아지면 달라진다'라는 제목으로 논문을 발표했다. 그는 논문에서 "여러 부분이 합쳐지면 단순한 물리적인 합보다 많은 새로운 성질이 만들어진다."라고 했다.

스티븐 코비 작가는 저서 『성공하는 사람들의 7가지 습관』에서 다음과 같이 말한다.

"시너지야말로 원칙 중심적 리더십의 본질이다. 또한 원칙 중심적인 부모 역할의 본질이기도 하다. 시너지는 사람들이 내면에 갖고 있는 가장 큰 힘에 촉매작용을 하고, 통합하고, 방출시킨다. 우리가 지금까지 다룬 모든 습관은 시너지란 기적을 창조하기 위한 준비라고 할 수 있다."

"모험정신, 탐구정신, 그리고 창조정신을 발휘하기 위해서는 막대한 내면적 안정이 필요하다. 의심할 여지없이 우리는 반드시 베이스캠프라는 안락한 지대에서 나와야 하고, 전혀 낯선 미지의 황야에 직면해야 한다. 우리는 개척자이며, 새로운 길을 찾는 탐험가이다. 즉 우리는 다른 사람들이 뒤따라올 수 있도록 새로운 가능성, 새로운 영토, 새로운 대륙을 개척하는 것이다."

개인이 잘할 수 있는 운동 습관을 키우고 싶다면, 신체적인 측면의 시너지 효과를 고려해야 한다. 신체조건에 맞는 운동 종목을 선정하고 습관 능력을 배양해서 최고의 효과를 얻을 수 있어야 한다. 사람은 어머니 배 속에서부터 각기 다른 재능을 타고난다. 그래서 어떤 분야에 최적화된 몸이 존재하게 되며, 그 신체에 맞는 운동 습관이 존재하게 된다. 따라서 유전적으로 성향이 맞는 분야의 운동은 습관을 빠르게 만들 수 있다. 미국의 유명한 수영선수 마이클 펠프스는 학생 때 병원에서 ADHD(과잉행동장애), 주의력 결핍 진단을 받았다. 의사는 펠프스에게 반복적인 학습을 하도록 하는 것이 좋다고 했다. 그래서 부모는 펠프스에게 수영을 시켜보기로 했다. 이를 계기로 수영코치 밥 바우먼의 눈에 띄게 되고, 바우먼은 펠프스가 수영에 최적의 신체조건을 가졌다는 것을 확신했다. 펠프스도 바우먼 코치의 훈련을 잘 소화하였다. 바우먼 코치는 기본 훈련에 더하여 상상의 힘을 통한 시너지 효과를 펠프스에게 적용하기로 하였다. 펠프스는 매일 밤 잠들기 전에, 또 아침에 일어나자마자 출발대에서 수영장에 뛰어 들어가 완벽하게 수영하는 모습을 슬로 모션으로 상상했다. 펠프스의 이러한 훈련의 결과가 오늘날 그를 유명한 수영선수로 만들어냈다.

제임스 클리어 작가의 저서 『아주 작은 습관의 힘』에 미국의 수영선수 마이클 펠프스와 모로코의 육상선수 히샴 엘 게루주의 이야기가 나온다.

히샴 엘 게루주는 전 시대를 통틀어 가장 위대한 중거리 육상 선수로 꼽힌다. 3회 연속 IAAF 골든 리그상을 수상(2001, 2002, 2003)했으며, 2004년 아테네 올림픽에서는 80년 만에 1,500m와 5,000m에서 금메달을 획득했다.

하지만 유명한 수영선수 펠프스와 유명한 육상선수 엘 게루주는 전혀 다른 신체조건을 가지고 있다. 펠프스는 키가 193.1cm나 되며 상체가 길고 다리 짧은 편이다. 그러나 엘 게루즈는 키가 175.3cm이지만 상체가 짧고 다리가 길다. 한 가지 부분이 똑같았는데 솔기 길이가 같은 바지를 입은 것이다. 신체조건으로 보면 펠프스는 상체가 길어서 수영에 최적화된 체형이다. 반면 엘 게루즈는 하체가 상체보다 길다 보니 장거리 달리기 선수로 이상적인 몸매를 가졌다. 두 선수가 서로 종목이 바뀌었다고 생각해보자. 펠프스는 몸무게가 엘 게루주 보다 25kg이나 무거워서 달리기에는 최악의 신체조건이다. 엘 게루즈도 상체가 짧아 다른 수영선수들보다 신체조건에서 열세로 적합하지 못하다. 아무리 뛰어난 운동선수의 자질이 있고 충분히 훈련을 받았다고 해도 금메달은 뒤로 하고 올림픽 출전 대표선수 자격을 얻지 못했을 것이다.

펠프스와 엘 게루주 선수는 수영과 육상에서 최적의 신체조건과 뛰어난 운동선수의 자질이 시너지 효과를 최대한 발휘하게 된 경우이다. 아인슈타인은 복리는 세계 9대 불가사의 중 하나라고 말하면서, 원금을 2배로 불리는 기간을 복리로 계산하는 데 72 법칙을 제시했다. 당신은 원금에 해당하는 내면의 의식을 최대한으로 불려 나가면 불가사의의 기적을 볼 수 있게 된다. 내면의 의식을 복리로 불리고, 그러고 나서 습관을 다루는 여덟 가지 생각의 비밀과 상호 융합할 수 있도록 한다. 융합이 제대로 화학반응을 일으키게 되면, 72 법칙 이상의 시너지 효과를 얻게 되는 것을 확인할 수 있다.

신체적, 정신적 단련을 한다

배우기만 하고 생각하지 않으면 막연하여 얻는 것이 없고,
생각만 하고 배우지 않으면 위태롭다.
- 공자

한때 아웃도어로 등산 의류가 유행처럼 잘 나갔다. 당시 등산 의류의 유행은 국내 낮은 산을 산행할 때뿐만 아니라 나들이나 주말 아웃도어 패션으로 누구나 입고 다녔다. 한국인은 국내여행이나 해외여행 어디를 가든 등산 의류 차림을 하고 다녔다. 이러한 등산 의류의 인기가 코로나19가 장기화 되면서 다시 붐을 일으키고 있다. 구글 리포트에 따르면 코로나19에도 등산객은 지속해서 늘어난 추세를 보였다. 서울을 대표하는 북한산의 경우 등산객이 코로나 이후 41.7% 증가했고, 유입된 인구 중 2030세대가 대다수를 차지했다. 2030세대 취미활동을 품목별로 살펴보면, 등산용품의 경우 전체 판매량의 30%가 증가했다. 세부 품목으로

여성 등산 의류가 103%, 남성 등산 의류와 등산화, 트레킹화가 각각 15%씩 증가했다. 전체 연령대에서 20대의 등산용품 구매가 87% 급증해 가장 큰 상승률을 기록했다.

가벼운 산행이나 산책은 신체적, 정신적으로 몸을 튼튼하게 해주고 마음을 맑게 해준다. 주말이면 습관적으로 가까운 산이나 둘레길을 산행하게 된다. 스티브 잡스도 산책하면서 아이디어를 얻는다고 했다. 아이작슨과 자서전 인터뷰를 할 때도 정원이나 집 주변을 함께 산책하면서 인터뷰를 진행했다. 작가 존 메디나는 저서 『브레인 룰스』에서 다음과 같이 말한다.

"앉아 있는 것은 두뇌 친화적이지 못하다. 인류는 수백만 년 동안 하루에 20킬로미터씩 걷는 생활을 해왔다. 하지만 오늘날 우리는 차에, 소파에, 사무실 칸막이 안에, 교실에 앉아서 지낸다. 다시 몸을 움직여야 한다. 그러면 발군의 사고력을 발휘할 수 있다."

신체적, 정신적 단련을 위해서는 꾸준한 운동, 균형 잡힌 영양 섭취, 충분한 휴식이 필요하다. 필자의 경우 마흔이 넘어서 체력이 저하되는 것을 느꼈다. 동료하고 얘기하다가 집 근처의 피트니스 클럽에 등록해서 함께 운동하기로 했다. 무지한 것인지 몰라도 건강관리를 위한 운동으로 피트니스 클럽은 처음이었다. 주중에는 퇴근 후 2~3회, 주말에 2회 정도로 각 1시간 정도의 운동을 했다. 꾸준히 하자 체력이 좋아지는 것을 느끼고 계속 운동이 필요하다는 것을 인지했다. 회사에서 사내 체육관을 확보하고 운동기구를 갖다 놓은 후로는 퇴근 후 자주 이용했다. 주말에는 건강도 관리하고 정신도 맑게 하기 위해 가까운 산에서 산행하는 것이 습관이 되었다. 필자의 배우자는 쓸개에 엄지손가락 크기의 담석이 발견되어 수술했다. 수술 후 퇴원하자 가족 식단이 채소 위주로 확 바뀌었다. 평소에도 고기류를 잘 안 먹는데 식단에 고기를 찾아볼 수 없게 되었다. 주중에는 회사에서 조식, 중식을 먹기 때문에 별로 영향이 없으리라 생각했다. 하지만 건강검진 결과 식단이 바뀐 영향으로 몸무게가 약 3kg 감소하였다. 가벼워진 몸은 평소 활동과 컨디션에 좋은 영향을 주고 있어 계속해서 감소한 몸무게를 유지하게 되었다. 충분한 휴식에는 잠자는 시간 관리를 하게 된다. 필자는 고교 3학년 대학입시 공부할 때도 11시 전후 졸음을 참을 수 없어 꾸벅꾸벅 졸았다. 그래서 당시는 11시 넘어서는 자고 아침 6시 전에 일어나 공부하는 습관을 들였다. 잠은 약 6~7시간 정도 자는 것이 충분한 휴식에 좋은 것 같다.

사회생활하면서 누구나 한 번쯤은 낭떠러지에 서고 싶을 정도의 스트레스를 받은 적이 있을 것이다. 필자는 프로젝트를 진행하면서 IT 관련 아이템에서 상사의 요구사항과 실무자의 의도가 달라 중간에서 엄청난 스트레스를 받게 되었다. 이러한 내부 의견충돌은 고객과의 사업관리 회의에도 영향을 미치게 되었다. 프로젝트 PM으로 이견 조율을 하고 진행해야 하는데 상사와 실무자 간 갈등은 계속 증폭되었다. 회의 시 그 아이템 얘기만 나오면 PM으로 모든 고충을 받아들여야 했다. 결국 사업 기간 내내 스트레스가 이어졌고, 최종 산출물이 나와서 고객에 납품하는 과정에 힘들게 인도하여 종결하게 되었다. 이처럼 일을 많이 하거나 스트레스를 장기간 받으며 생활하게 되면, 우리 몸에서 해로운 활성산소가 대량으로 방출하게 된다. 전문가는 일을 많이 하거나 스트레스를 많이 받는 것을 조율하기 위해서는, 뇌를 단련시켜 활성산소가 대량으로 방출되지 않도록 해야 한다고 한다. 하루야마 시게오 박사는 저서 『뇌내혁명』에서 다음과 같이 말한다.

"남보다 뛰어난 능력을 키워 큰일을 하려면 거기에 상응하는 에너지가 필요하다. 에너지가 부족하면 큰일을 할 수 없다. 그러나 에너지 출력을 너무 높이면 질병이나 단명이 찾아온다. 이것은 극히 이율배반적이다. 하지만 이것을 극복할 수 있는 굉장한 비법이 있다.

뇌내 모르핀을 제대로 활용하는 것이 바로 그 비법이다. 도파민을 많이 분비하면 에너지가 소멸하여 녹초가 된다. 하지만 이럴 때 뇌내 모르핀을 분비시키면, 적은 양의 도파민으로 10~20배나 되는 양의 도파민이 분비된 것과 똑같은 효과를 얻을 수 있다. 뇌내 모르핀은 지렛대의 원리와 비슷한 에너지 증폭 효과를 가지고 있기 때문이다.

아무리 강한 의욕을 가지고 있다 해도 도파민을 과다 분비하면 부작용이 생긴다. 도파민이나 노르아드레날린은 활성산소를 대량으로 방출시키는 특성이 있다. 반면에 뇌내 모르핀은 몸에 해로운 활성산소를 방출하지 않기 때문에 소량의 도파민에 뇌내 모르핀이 결합하면 별다른 부작용 없이 그 효과를 증폭 시켜 사용할 수 있는 것이다. 이러한 매커니즘을 최대한 이용하는 것이 이상적인 뇌 활용법이라 할 수 있다."

일을 건강하게 하고, 스트레스를 줄여나가고, 적절하게 휴식을 취하고 또한 시게오 박사의 이상적인 뇌 활용법을 잘 이용하는 것이 필요하다. 전문가는 좋은 방법으로 걷기 운동을 제안한다. 일하는 중간에 휴식을 위해 걷고, 점심시간을 활용하여 걷고 하면 뇌가 젊어지고 건강해진다. 스마트 폰으로 걷기 앱을 사용하면 하루 몇 보를 걸었는지 알 수 있다. 국내 처음으로 걷기를 관광자원으로 만든 사람이 있다. 서명숙 제주올레 이사장은 기자 생활로 일에 찌든 자신에게 평화와 휴식을 주고 싶었다. 23년의 기자 생활을 그만두고 선택한 것이 스페인 '산티아고 순례길'이다. 서 기자는 순례길을 걷다가 제주 올레를 구상했다. 돌아와서는 제주 올레길 코스를 만들고, 책『놀멍 쉬멍 걸으멍 제주 걷기 여행』을 출간했다. 제주 관광도 하고 올레길을 걷기 위해 전국에서 관광객들이 몰려들었다. 지금은 전국 지역 곳곳에 둘레길을 만들고 관광 자원화하여 걷기 운동이 더 활성화되었다.

요즘 맨발 걷기를 하는 사람들이 늘어나고 있다. 임문택 작가는 우연히 신문 보도에서 맨발 걷기를 접하게 되었다. 당시 몸의 이상으로 다른 운동을 전혀 할 수 없는 상황에서 궁여지책으로 맨발 걷기를 선택하게 되었다. 마치 '운명'처럼 맨발 걷기가 임 작가에게 다가온 것이다. 임문택 작가는 저서『습관이 인생을 확 바꾼다』에서 다음과 같이 말한다.

"나에게는 치명적 무릎 부상이 운명의 기회를 가져다주었다. '위기는 기회다.'라는 말을 믿는 이유다. 연골 찢어짐 결과를 받았을 때만 해도 하늘이 무너져 내릴 것만 같았다. 수술이라는 선택을 하지 않고 맨발 걷기와 만난 것은 행운이다. 꾸준히 이어간 것 또한 기회였다. 맨발 걷기를 통해 거듭난 삶을 살고 있는 이유다."

자신에게 절망적인 순간이 오게 되면 사람들은 '왜 나에게 이런 시련이 오는가?'라는 생각으로 원망스러운 자책을 하게 된다.

임 작가는 맨발 걷기를 만나고 2년 이상 해오면서 '나에게 새로운 삶을 열도록 해주기 위한 의도적 시련이었구나.'하고 생각이 바뀌었다.

미국 조 바이든 대통령은 상원의원 시절 교통사고로 아내와 장녀를 잃고, 두 아들마저 크게 다쳤다. '신'을 원망하며 슬픔에 잠겼을 때, 바이든의 아버지는 그를 위로하고 격려하며 액자를 건넸다. 유명작가 딕 브라운이 그린 작품으로 '신'을 원망하는 '왜 하필 나입니까?(Why me?)'라는 물음에 '왜, 넌 안 되지?(Why not?)'라고 '신'이 되묻고 있었다. 바이든 대통령은 "이 만화를 통해 불행은 누구에게나 닥칠 수 있다는 것을 깨달았다. 우리는 스스로가 일어나야 한다."고 말하고 있다.

"시련과 역경은 신이 나에게 줄 수 있는 최고의 선물이다."

PART 5

작은 습관의 변화가 인생을 바꾼다

01

습관의 변화, 기회는
준비된 자의 것이다

기회는 어디에도 있는 것이다. 낚싯대를 던져놓고 항상 준비하라.
없을 것같이 보이는 곳에서도 언제나 고기는 있다.

– 오비디우스

필자는 프로젝트 기간 중 잠시 여유 있는 일정 또는 프로젝트
가 끝나고 일이 없는 상황이 되면 마음이 불안해진다. 사소한 일
도 완벽하게 마무리해야 마음이 놓인다. 원래 일은 끝이 없다. 잘
하려고 하면 일이 일을 만들어내게 된다. 계획에 없던 일이 추가
되면서 일은 계속 쌓여가게 되어 있다. 첫 직장에서도 프로젝트가
끝나자 자원해서 파견업무를 나가야 했다. 파견업무 후에도 복귀
하여 할 수 있는 구체적인 업무가 보이지 않아, 결국 동료와 함께
전직하게 되었다. 전직 후 프로젝트가 연속으로 이어졌다. 10년
차에 명품 프로젝트가 끝나게 되면서 신규 프로젝트 창출에 직접
나섰다. 이후에도 퇴직 시까지 프로젝트는 이어졌다. 전생에 일복

을 타고났는지 아니면 일하고 원수가 졌는지 계속 바쁜 직장생활을 해야 했다. 영국의 앤드류 매티스(Andrew Matthews) 작가는 다음과 같이 말했다.

"자신에게 주어진 일에 전력을 다하면 기회는 당신을 찾아낸다. 그것만이 높은 평가를 받을 수 있으며, 다음 일로 이어지는 비결이다."

학교 다닐 때 IQ(Intelligence Qoutient, 지능지수) 검사를 했다. 사람의 수준이 IQ 점수로 판단되었다. 직장 생활하면서 신입사원 채용할 때 IQ(지능지수)에 더하여 EQ(Emotional Qoutient, 감성지수)를 봐야 한다고 했다. 그런데 성공한 사람들은 AQ(Adversity Qoutient, 역경지수)가 높다고 한다. AQ는 역경을 이겨내고 회복하는 힘을 의미한다.

미국의 심리학자 폴 스톨츠(Paul G. Stoltz)가 AQ(Adversity Qoutient)라는 말을 처음으로 사용했다. 그리고 저서 『장애물을 기회로 전환시켜라』에서 사람이 어려움을 당하고 역경을 다스려 나가는 유형을 3가지로 구분했다. 첫째, 겁쟁이(Quitter). 어떤 어려움을 당했을 때 쉽게 포기해 버리고 도망간다. 둘째, 야영자(Camper). 그 순간만 모면하려 한다. 어려움이 지나면 그 자리에 안주한다. 셋째, 등반가(Climber). 역경이 왔을 때 맞서 싸운다. 능력과 지혜를 총동원해서 극복한다. 저자는 역경지수가 높은 사람들의 중요한 특징은 시련이나 역경을 겪은 뒤에도 남이나 자신을 비난하지 않고, 역경은 반드시 이겨나갈 수 있다고 믿는 사람들이라고 했다.

일본 소프트뱅크 손정의 회장은 창업하여 단기간에 회사가 놀라운 성장을 했지만 2년 후 중증 만성간염이라는 선고를 받고 병원에 입원하게 되었다. 많은 갈등으로 괴로웠지만, 이 역경을 자신과 삶에 대한 깊은 성찰의 계기로 삼았다. 3년 넘게 입원하면서 병실을 개인 사무실로 사용했으며, 4천 권의 독서를 읽었다. 퇴원하고 경영에 복귀하면서 소프트뱅크는 다시 초고속 성장을 했다.

사람들은 은퇴 후 행복한 삶을 살고 싶어 한다. 그래서 어떤 준비를 하고 있는가를 물어보면, '무엇을 어떻게 해야 할지 몰라서'라고 한다. 어떤 이들은 일이 바빠서, 시간이 없어서, 바쁜 프로젝트가 끝나면 생각해 보겠다, 할 줄 아는 게 없어서, 집에 가면 애들과 놀아줘야 해서 등등의 핑곗거리가 넘쳐난다. 필자도 대기업에서 명예퇴직하고 중소기업에 재취업하여 직장생활 할 때까지도 핑곗거리가 너무 많았다. 시간이 없어서, 아직은 관심이 없어서 등의 할 수 없는 핑계로 인해 준비해 놓은 것이 없었다. 기회는 준비된 자의 것이라 했는데 은퇴 시점이 다가오도록 퇴직 후 무엇을 할 것인지 준비를 못 했다.

미국계 한국인 피터 언더우드 작가의 저서 『퍼스트 무버』에 삼성전자의 엄청난 기회 상실 이야기가 나온다. '안드로이드의 아버지'라 불리는 전 구글의 부사장 앤디 루빈이 벤처 기업 대표로 있을 때 안드로이드 체제를 삼성에 팔려는 마음으로 삼성전자를 찾아갔다. 하지만 협상은 실패로 돌아갔다. 그리고 1년 뒤에 구글은 5,000만 달러라는 '헐값'에 스마트폰의 혁신적인 운영체제인 안드로이드를 인수하는 데 성공했다. 국내 언론은 이 사건을 두고 '삼성전자가 굴러온 복을 걷어차 버렸다.'라고 안타까워했다.

언더우드 작가는 이 사건의 원인이 삼성전자의 단순한 실수였는지, 아니면 실제로 삼성전자 수뇌부의 미래를 예측하는 능력 부족 탓이었는지 확신이 서지 않는다고 말했다. 삼성으로서도 충분히 할 말이 있을 수 있다. 당시는 스마트폰이 나오기 3년 전이었고 스마트폰 운영체제에 대한 인식도 부족했다. 또 이 사건은 분명히 삼성전자가 '굴러온 복을 찬' 사건이 맞지만 이외에 여러 분야에서 삼성은 미래를 잘 예측했고 충분한 경쟁력을 갖춰왔다. 따라서 경영하면서 일어날 수 있는 수많은 사건 가운데 하나를 지나치게 강조해 '삼성의 미래 예측 능력'을 폄하하는 것은 적절치 않을 수도 있다.

이범용 작가는 저서 『습관의 완성』에서 이 작가의 작은 습관 실천을 계기로 가족 전부가 습관이 변화된 이야기를 하고 있다.

무기력한 남편을 보다 못해 아내가 몰래 자기계발 모임에 이 작가의 이름을 올렸다. 할 수 없이 나간 모임에서 습관 관련 책을 읽었고, 새로운 세상을 만났다. 나도 잘하면 변할 수 있겠는데? 작은 습관 목록을 만들고 수년째 꾸준히 해오고 있다. 첫째, 글쓰기 2줄(5분). 둘째, 책 2쪽 읽기(4분). 셋째, 팔굽혀펴기 5회(5초). 작은 습관 목록을 실천하는 데 걸리는 시간은 9분 5초면 된다.

매일 팔굽혀펴기 5회를 지속했더니 두 달 정도가 지난 어느 날, 담배 맛에 거부감이 생겼다. '이참에 금연을 하자.'라는 생각이 들었고, 아내도 내 결정에 쌍수를 들고 환영했다. 금연 습관을 완벽하게 실천하고 싶었다. 그래서 세계적인 습관 전문가인 찰스 두히그에게 이메일을 보내 조언을 구했다. 놀랍게도 답장을 받을 수 있었고, 조언을 적극적으로 참고했다. 신호-행동-보상의 사이클을 운영하여 금연에 성공하게 되었다.

다음은 체중 10kg 감량에 도전했다. 유사한 사례의 동영상을 보고는 용기를 내어 다이어트를 하기로 했다. 체중 감량에 성공한 후 몸이 가벼워지고 허리 통증이 사라졌다. 의자에 오래 앉아 있어도 집중력을 유지할 수 있게 되었다.

그리고 매일 습관을 실천하는 사람들과 모임을 꾸려나갔다. 이러한 습관의 변화 과정에 아빠의 작은 습관을 실천하는 모습을 지켜보던 큰딸이 습관 실천에 동참했다. 큰딸의 작은 습관이 둘째 딸과 아내에게도 전파되어 온 가족이 습관을 실천하는 '습관

가족'이 되었다.

2019년에는 SBS 스페셜 〈당신의 인생을 바꾸는 작은 습관〉이라는 프로그램에 이범용 작가의 가족이 출연하는 기회를 얻게 되었다. 제임스 클리어 작가는 저서 『아주 작은 습관의 힘』에서 다음과 같이 말한다.

"일상의 습관들이 아주 조금만 바뀌어도 우리의 인생은 전혀 다른 곳으로 나아갈 수 있다. 1% 나아지거나 나빠지는 건 그 순간에는 큰 의미가 없어 보이지만 그런 순간들이 평생 쌓여서 모인다면 이는 내가 어떤 사람이 되어 있을지, 어떤 사람이 될 수 있을지의 차이를 결정하게 된다. 성공은 일상적인 습관의 결과다. 우리의 삶은 한순간의 변화로 만들어지는 것이 아니다."

필자는 은퇴 시점이 되어서야 나를 찾기 시작했다. 퇴직 2년 전 아내와 함께 도서관 투어를 한 것이 계기가 되었다. 도서관의 모습은 변모하여 이전 머릿속에 갖고 있던 도서관이 아니었다. 이를 기회로 도서관에 가서 책을 보는 습관을 갖게 되었다. 퇴직 후의 나의 모습이 어떤 모습일까 고민하게 되었다. 그리고 발등에 불이 떨어진 심정으로 도서관에서 책을 보며 은퇴 후 무엇을 할 수 있을까를 고민했다. 우연히 한 권의 책을 통해 일반인도 책을 써서 작가가 될 수 있고, 강연가와 1인 창업을 할 수 있는 길이 있다는 것을 알게 되었다. 이제 더 이상의 핑계만 할 수 없다는 심정으로 책 쓰기에 도전하여 작년 중반에 성공적인 출간을 하게 되었다. 필자는 작가, 강연가의 길을 선택하고 역량을 강화해 나가고 있다.

02
세상은 당신에게
변하라고 하고 있다

20년 후 당신은 했던 일보다
하지 않았던 일로 인해 더 실망할 것이다.
– 마크 트웨인

필자가 신입사원 시절에는 평생직장 개념으로 일을 했다. 한국이 IMF 외환위기를 겪으면서 구조조정으로 많은 실업자가 발생했다. 평생직장이 아닌 평생직업을 찾아야 하는 시대로 바뀐 것이다. 가정에서는 전업주부로 있던 여성들이 일자리를 찾아 나섰다. 부부가 벌어야 살아가는 세상이 되었다. 집안일을 남편과 아내가 분담해서 한다. 그리고 2008년 금융위기를 겪으면서 삶의 경제적 상황은 더욱 나빠졌다. 이러한 외부 환경변화의 영향으로 젊은이들의 결혼이 늦어지고 출산율이 떨어지는 현상으로 이어졌다. 정부에서는 출산율 장려정책의 일환으로 근로자들의 육아 휴가를 남자와 여자 모두에게 혜택을 주도록 법적 근거를 마련했다. 외부 환경은 경제적, 사회적으로 많은 변화가 일어나고 있다. 하지만 부모 세대로부터 이어온 사람들의 습관은 바뀌지 않고 있다.

　서커스단의 코끼리는 도망가지 못하도록 밧줄로 묶여 있다. 그런데 서커스단에서는 아주 평범한 밧줄을 사용하고 묶어 놓은 말뚝도 허술하기 짝이 없다. 코끼리가 한 번 힘을 쓰면 금방이라도 풀려서 도망갈 수 있을 것 같다. 하지만 코끼리는 힘을 쓰지도 않고 도망가려고 하지도 않는다. 원인을 알아보면, 코끼리를 어릴 때부터 밧줄로 묶어 두는 것이다. 새끼일 때는 도망가려고 아무리 몸부림쳐도 힘이 없어서 밧줄로 묶어 놓은 말뚝을 벗어날 수가 없다. 그러한 행동이 반복되고 학습되면, 코끼리는 커서 힘이 세어진 후에도 밧줄에 묶여 있다는 이유만으로 도망가려고 하지 않는다. 어려서 길들어진 무의식 속에 학습된 습관의 힘 때문이다.

　사람들의 삶도 마찬가지다. 현재의 생활에 불편함이 없으면 일부러 불편한 행동을 하지 않으려고 한다. 사람이 서면 앉고 싶고, 앉으면 눕고 싶은 것이 인지상정이다. 나중이야 어떻든 지금 안락함을 즐기려 한다. 하지만 백세시대로 바뀌고 있는 세상에서, 이런 안이한 습관으로 인해 한 치 앞도 예상하지 못한다면 불행한 삶을 살게 된다. 당신은 어떠한 삶을 살기를 원하는가? 자신의 삶은 자신이 선택하는 결정에 따라 달라진다. 성공한 사람들은 자신의 비전을 종이에 적고 선포했다.

베스트셀러 『영혼을 위한 닭고기 수프』 시리즈를 쓴 잭 캔필드 작가는 친구 마크 빅터 한센과 함께 한 가지 결정을 했다. '유례가 없는 최고의 베스트셀러를 써 보자!'라는 결심을 하게 되었다. 캔필드는 밤마다 침대에 누워 400번씩 이렇게 소리 내 선포했다.

"나는 이제 최고의 베스트셀러 저자가 될 것이다."

그렇게 해서 나온 책 『영혼을 위한 닭고기 수프』 시리즈는 전 세계적으로 1억 부 이상이 판매되었다.

김밥 CEO 김승호 회장은 미국에 이민 간 후 손대는 사업마다 실패를 거듭하게 되었다. 하지만 비전을 포기하지 않고 매일 100번씩 쓰고 100일간 상상하고 외쳤다. 프랑스 파리에서 도시락을 파는 여자로 유명한 켈리델리의 켈리 최 회장은 성공 모델인 김승호 회장을 미국으로 찾아가 성공비법을 배웠다. 김 회장에게 배운 대로 버킷리스트 100개를 적고 실천했으며, 자신이 원하는 남편의 기준을 함께 목록으로 적었다. 켈리 최 회장은 버킷리스트를 모두 성취했으며, 원하는 남편의 기준을 적은 목록에 딱 맞는 남자를 만나 결혼했다. 결혼 후 남편을 김 회장에게 소개할 때, "원하는 남편의 기준을 적으면서 머리숱이 많은 사람이라고 적는 것을 빼 먹었다."라며 우스갯소리를 했다.

미국의 유명한 〈딜버트〉 만화가 스콧 애덤스는 종이에 비전을 매일 15번씩 썼다. 영국의 저술가 새뮤얼 스마일스((Samuel Smiles)는 『자조론(Self-Help)』에서 다음과 같이 말했다.

"생각을 심으면 행동을 낳고 행동을 심으면 습관을 낳으며 습관을 심으면 성격을 낳고 성격을 심으면 운명을 낳는다."

사람은 경제적 여건이 좋지 않으면 마음에 여유가 없어지고 불안해진다. 필자는 대기업에서 만 55세 정년을 1년 남기고 명예퇴직을 선택했다. 위로금과 퇴직금을 받았으나 자녀들의 교육비와 예상 결혼자금 수준 정도였다. 국민연금을 받기까지는 8년이 남아있었다. 과중한 업무와 스트레스 속에서도 무사히 직장에서 명예 퇴직했으니 '이제 자유인이다!' 하는 마음은 오래가지 않았다. 아내는 그동안 직장 다니느라 고생 많았다고 했지만 은퇴할 수 없는 여건이었다. 퇴직 후 전직지원서비스를 받으면서 출석명단을 작성하는데 직급은 없고 이름 적는 칸만 있었다. 그동안 나를 대변하던 직장과 직급이 없어졌다는 것을 실감할 수 있었다. 겉으로는 아무렇지도 않은 척했지만, 나를 외풍으로부터 보호해 주던 울타리가 사라지고 나니 세상의 모든 시선이 나에게로 쏠리는 것

같았다. 퇴직 전 준비한 계획은 없고 어떻게 하든 재취업해서 경제적 어려움을 해소해야겠다는 마음이 앞섰다.

소속이나 직급이 없는 생활은 어색했다. 사회복지사 현장실습을 갔는데 실습 기관에서 이름 뒤에 씨를 붙이고 부른다. 함께 실습에 참여한 대학생들은 이름 뒤에 선생님이라고 불러주었다. 이러한 당연한 변화가 나에게는 자존감 하락으로 느껴졌다. 나는 경제적 문제를 해결해야겠다는 것과 다시 자존감을 높여야겠다는 현실적 문제에 봉착했다. 이러한 조급함은 중소기업 재취업의 길로 인도했다. 직장인으로 살던 습관은 계속 직장인으로 살아야겠다는 것에서 벗어나지 못했다. 이범용 작가는 저서 『습관의 완성』에서 경제적 중요성에 대해 언급했다. 수전 케인 작가는 저서 『콰이어트』에서 말했다.

"하고 싶은 일을 하며 사는 삶을 위한 가장 중요한 조건은 기댈 수 있는 '재정적 쿠션'을 만드는 것이다. 돈이 없으면 모든 것이 불안해진다."

애덤 그랜트 작가는 저서 『오리지널스』에서 창업가들의 경제적 안정성 문제에 대한 조사 결과를 근거로 제시했다. 경영연구자 조지프 라피와 지에 펭이 20~50대 기업가 5,000명을 추적 조사한 결과는 놀라웠다. 직장을 계속 다닌 창업가들이 그만둔 창업가들보다 실패 확률이 33% 낮다는 것이다. 한 분야에서 안정감을 확보하면 다른 분야에서는 자유롭게 독창성을 발휘할 수 있기 때문이다. 경제적으로 안정되면 어설프게 쓴 책을 조급하게 출간하거나, 조잡하게 만든 예술품을 헐값에 팔아야 하는 중압감에서 벗어날 수 있다.

혁신적인 기업가들도 창업 후 일정 기간 계속 직장을 다녔다. 전직 육상 선수였던 필 나이트 나이키 공동 창업자는 1964년 러닝슈즈를 팔기 시작했지만, 1969년까지 본업인 회계사 일을 계속했다. 애플의 공동 창업자 스티브 워즈니악 역시 1976년 스티브 잡스와 창업을 했지만, 1977년까지 휴렛패커드(HP)에서 계속 근무했다.

변화경영연구소 구본형 소장은 마흔 가까이 되면서 '나 자신은 누구인가?', '3년 후에 나는 이곳에서 어떤 모습일까?'라고 자주 자기 자신에게 질문했다. 그리고는 퇴직하기 3년 전에 책을 쓰고 『익숙한 것과의 결별』을 출간했다. 이 책은 출간되자마자 베스트셀러가 되었다. 이후 2년간 매년 한 권씩의 책을 펴내면서 자기 검증과정을 거쳤다. 이러한 과정을 거쳐 확신을 얻은 후에 퇴직하여 변화경영연구소를 1인 창업했다.

퇴직 후 경제적 어려움이 자신이 하는 일에 걸림돌이 되어서는 안 된다. 구본형 작가는 직장 다니면서 퇴직 후 자신이 하고자 하는 일을 준비했다. 성공 비결은 직장 다니면서 매일 새벽 출근 전에 2~3시간씩 글을 쓰면서 검증했다. 성공의 기준과 행복의 기준은 자신이 선택하는 것이다. 자신이 정한 기준에 도달하면 성공한 것이다. 구본형 작가는 자기 검증과정을 거치고 나서 퇴직한 결과, 연구소 창업 후의 심리적 조급함을 사전에 차단했다. 당신 삶에서 '나를 찾기'는 인생 최대의 과제이다. 내 안에서 잠들어 있는 거인을 찾아내야 한다. 잠든 거인을 깨우고 세상에 당신을 선포하라.

03
환경은 습관을 형성하는
보이지 않는 손이다

세상을 이끌어 가는 사람들은 자신이 원하는 환경을 찾아다니고
찾을 수 없으면 그 환경을 만드는 사람들이다.

─ 조지 버나드 쇼

사람들은 아침에 일어나고, 버스나 지하철을 타거나, 또는 자동차를 운전해서 회사에 출근하고, 휴대폰을 열어보고, 이메일을 확인하고, 커피를 마신다. 이렇게 일상에서 일어나는 행동들은 모두 선택에 의해 의식적으로 하는 행동이 아니다. 계속된 반복에 의해 나타나는 습관의 산물이다. 사람의 뇌는 의식적으로 하는 에너지를 절약하기 위해서 반복적으로 하는 행동을 습관이라는 저장장소에 따로 저장한다. 그리고 또 다른 습관적 행동을 받아들인다. 습관 저장소에 저장된 행동은 쉽게 없어지지 않는다. 컴퓨터의 하드 디스크에서 저장 파일을 정리하면서 필요 없는 파일을 삭제하여도 전문가가 삭제된 파일을 다시 찾아낼 수 있는 것과 같

다. 이러한 습관은 사람이 사는 주변 환경의 영향에 의해 자신도 모르는 사이에 형성 된다.

맹모삼천지교라는 말을 들어봤을 것이다. 맹자의 어머니는 맹자가 학식이 있는 사람으로 성장하기를 바랐다. 맹자가 어린 시절 어머니가 장례식장 근처로 이사를 했다. 맹자가 보고 듣는 것이 상여와 곡성이었다. 맹자가 장례 하는 흉내만 내므로 어머니는 자식 기를 곳이 못 된다고 하고는 시장 근처로 집을 옮겼다. 이번에는 맹자가 장사하는 흉내를 냈다. 다시 학교 근처에 집을 정하고 이사를 했다. 맹자가 글 읽는 흉내를 내므로 이곳이야말로 자식 기르기에 합당하다 하고 안거했다.

좋은 습관을 갖기 위한 가장 효율적인 방법은 주변 환경을 바꾸는 것이다. 아울러 기존의 환경을 최대한 활용해 좋은 습관을 쉽게 만들어가는 것이 필요하다. 반복적인 행동은 그것이 생활 흐름에 적합한 것일 때 쉽게 습관이 된다. 운동하고 싶은 욕구가 있는데 퇴근길 중간에 체육시설이 있으면 쉽게 접근할 수 있다. 집으로 가는 도중에 체육시설에 들르는 행동이 생활 패턴에 자연스럽게 접목이 된다. 만일 체육시설이 퇴근길에서 멀리 떨어진 곳에 있다면 그곳에 일부러 가야 하기 때문에 생활 패턴을 거스르는 행동이 되어 운동하기가 어려워지게 된다. 따라서 좋은 습관을 갖기 위한 적절한 환경을 만드는 것이 중요하다. 좋은 습관을 가질 수 있는 환경을 조성하고, 나쁜 습관을 할 수 있는 환경을 배제하게 되면 좋은 습관이 더욱더 쉽게 만들어진다. 좋은 습관이든 나쁜 습관이든 재미와 보상을 동시에 얻을 수 있는 습관이 형성되게 되어 있다. 좋은 습관을 하게 되면 재미와 보상을 얻을 수 있는 환경을 조성해야 한다.

한국 부모들은 자녀들을 위해 좋은 학군과 스타강사 학원이 있는 곳으로 이사를 다녔다. 맹자의 어머니처럼 자녀들을 좋은 대학에 보내기 위해서는 좋은 환경을 조성하는 것이 필요하다고 생각하는 것이다. 그래서 매년 입학 시즌이 되면 이사 행렬이 끊이지 않는다. 전세나 월세 비용도 계속 올라간다. 이를 이용한 갭 투자자들이 투기 대상 도마 위에 올랐다. 문 정부에서 부동산 투기 세력 근절과 실수요자 보호를 위한 목적으로 분양가 상한제와 신규 주택에 실거주 2~5년이라는 대책을 내놓았다. 전문가들은 이 정책을 전·월세 금지법이라고 하고 있다. 실거주 2~5년을 의무적으로 해야 하므로 전세나 월세 주택 공급이 줄어들어 이사하는 자유가 제한되는 것이다.

필자는 대학 3년을 교회 사택 다락방에서 지냈다. 고등학교 생활과는 전혀 다른 사회생활을 시작했다. 대학교 다니면서 교회라는 새로운 집단의 사람들과 어울려 생활을 해야 했다. 가정형편이 어려워진 이후로 내가 사람들과 어울려 생활하거나 많은 사람과 대화하는 환경은 없었다. 3년간 교회를 열심히 다니고 봉사하면서 다양한 계층의 교인들과 인간관계를 맺으며 생활했다. 교회가 크지는 않았고 교인들은 모두 믿음이 충만하여 교회 활동을 열심히 했다. 교인들은 이사하더라도 자신이 다니던 교회를 쉽게 바꾸지 않는다. 양계장 사업을 하시는 장로님은 멀리서 오고 계셨다. 나이 많으신 권사님은 예배 시간보다 일찍 오셔서 자리를 잡고 앉았다. 집사님 이하 젊은 교인들까지 주말이면 예배에 참석하려고 노력했다. 직장 다니면서 주말 근무가 있으면 할 수 없이 못 나오는 교인은 있다. 필자는 대학생으로 주말에 참석하지 못하는 사유가 없었다. 목사님은 교인 집을 방문하든가 가까운 교회 부흥회에 참석하는 경우 가능하면 나를 데리고 다녔다. 목사님에게는 대학생인 내가 교회 사택에 기거하며 열심히 봉사하는 것이 든든하고 힘이 되었다. 나도 다양한 계층의 교인들과 어울리면서 사람을 대하는 자세를 배우고, 여러 교인 앞에서 대화하는 자세도 배우게 되었다.

대학 4학년은 교회 사택에서 나와 고시원에서 숙식하며 생활했다. 같이 고시원 생활을 하는 4학년 동료와 대화하며 미래를 얘기하기도 했다. 주말에는 멀지만 목사님이 있는 교회를 다녔다. 나의 교회 생활은 대학 졸업 후 군 복무하면서도 이어졌다. 사실 군 복무하게 되면 주말에 종교 생활하는 것이 편하다. 그 시간만큼은 누구도 시비를 걸지 않는다. 군 복무 기간 군종병의 교회 활동을 지원하며 교회 다니는 습관을 이어갔다.

남아프리카 공화국에서 태어난 넬슨 만델라는 대학에 다니던 중 흑인 친구가 백인에게 모욕당하는 것을 보고 인종차별의 부당함을 깨닫게 되었다. 만델라는 인종 차별정책에 반대하여 군사 조직을 만들어 활동하다가 감옥에 들어갔다. 다음 해인 1964년 미국의 마틴 루터 킹 목사가 노벨 평화상을 받게 된다. 루터 킹 목사는 마하트마 간디로부터 비폭력 저항에 대한 신념을 얻었다. 루터 킹 목사의 비폭력에 의한 흑인 인권운동이 이룬 쾌거였다. 만델라는 27년간 감옥 생활하면서 '백인에 대한 보복은 또 다른 폭력을 낳을 뿐이야. 대화와 협상만이 이 뿌리 깊은 차별을 없앨 수 있어. 그러기 위해서는 흑인과 백인 모두 화해와 용서가 필요해!'라고 생각했다.

1990년 감옥에서 석방된 만델라는 아프리카민족회의(ANC) 의장으로 취임했다. 그리고 감옥에서 깨달은 자신의 비폭력 평화주의 주장을 펼쳐 나갔다. 이러한 그의 활동은 평화를 사랑하는 전 세계 인구에게 감동을 주었고, 1993년 노벨 평화상을 받게 되었다. 1994년에는 남아프리카 공화국 최초로 흑인도 참여한 총선거에서 대통령에 당선되었다.

넬슨 만델라 대통령은 인종차별이라는 부당한 환경을 보고 환경을 바꾸겠다고 마음을 먹었다. 처음에는 무력으로 해결하려고 했으나, 폭력은 또 다른 폭력을 낳는다는 것을 깨닫게 된다. 그런 생각의 변화는 비폭력 평화주의라는 행동의 변화로 이어졌다. 세계를 감동시킨 만델라의 행동 변화와 실천은 그가 노벨 평화상 수상을 하게 되었다.

낸시 C. 안드리아센 작가는 저서 『천재들의 뇌를 열다』에서 다음과 같이 말했다.

"한 개인은 어떤 환경에서 태어나느냐에 따라서 달라진다. 레오나르도나 미켈란젤로가 이백 년 전이나 이백 년 후에 태어났더라면 그들이 지금 남겨 놓은 걸작품들은 만들어지지 못했을 것이다. 그전에는 해부할 수 없었다. 로렌초가 없었다면 미켈란젤로는 조각가가 되지 못했을 것이다. 율리우스 2세가 시스티나 성당 작업을 의뢰하지 않았더라면 미켈란젤로가 프레스코화를 그리는 일은 없었을 것이다."

성공하기 위해서는 성공한 사람을 멘토로 두어야 한다. 성공하기 위해서는 자신의 주위에 성공한 사람들이 많아야 한다. 부자들과 어울려 지내게 되면 부자 습관이 몸에 형성된다. 자신도 모르게 부자들의 습관을 따라 하게 되는 것이다. 그래서 부자가 되려면 부자 동네로 이사 가든지 부자들 모임에 같이 해야 한다는 말이 있다. 맹자의 어머니가 맹자를 공부시키기 위해 이사 다닌 것도 같은 이치인 셈이다. 한국의 부모가 자녀를 위해 좋은 학군과 스타강사 학원을 찾아다니는 것 또한 같다. 성공한 사람들은 자신의 환경을 성공자의 길로 가는 환경으로 만들었다. 성공한 사람의 경험을 배우고 자신의 습관을 성공자의 습관으로 바꾸어갔다.

04
작은 습관의 변화가
인생을 바꾼다

우리의 마음은 우리가 가진 가장 귀중한 소유물이다.
우리의 삶의 질은 이 값진 선물을 얼마나 잘 계발하고
훈련하고 활용하느냐에 따라 달라진다.
– 브라이언 트레이시

차량이 한적한 도로에서는 규정 속도 이상으로 달리게 되는데 이때 네비게이션이 전방 몇 미터에 단속 카메라가 있다고 경고해 준다. 신호등이 노란색으로 바뀌면 멈춰야 할 것인지 지나가야 할 것인지 빠르게 결정해야 한다. 이처럼 일상에서 반복적으로 마주하는 행위로 인해 단속에 걸려 범칙금을 내지 않으려는 작은 습관이 매 순간 선택을 하게 한다.

다수의 프로젝트를 추진하기 위해 인력이 충원되면서 연구소 내에 부서를 전부 수용할 수 없었다. 현장 업무와 관련이 많은 부서 우선으로 현장에 사무실을 마련했다. 신입사원이 다수 충원되었는데, 업무지시를 하면 왜 자신이 해야 하는지 이유를 설명해 달라고 했다. 그리고 하고 싶은 업무가 있으면 당당하게 말했다. 입사한 지 몇 개월 안 된 고졸 사원이 학교에서 배운 설계 지식을 회사에서 업무에 적용하고 싶어 했다. 신입 고졸 인력이 프로젝트 설계에 직접 참여하기는 어려웠다.

부서가 현장 사무실로 입주했는데, 사무실을 들어가려면 문턱이 조금 높아 부서원들이 불편해했다. 특히 무거운 물품을 대차에 싣고 바로 들어올 수 없었다. 그래서 설계를 직접 하고 싶다던 신입사원에게 발판을 설계해서 제작하도록 했다. 학교에서 배운 지식만으로 직접 업무에 적용하려면 쉽지 않다. 직접 도면작업을 하려면 여러 가지 어려움에 부딪히게 된다. 첫 설계에 대한 두려움도 있고 결과물에 대한 평가에도 부담을 갖게 된다. 신입사원에게 기본설계를 설명해 주고, 철판 두께의 강도라든가 지지대의 위치 등 설계상의 문제점을 지적해 주었다. 도면이 완성되고 승인을 받자 신입사원은 해냈다는 성취감을 느꼈다. 이제 자신이 직접 설계한 도면으로 현장에 작업지시서를 내리고 완성까지 직접 관리하도록 했다. 신입사원은 자신이 직접 그린 도면이라는 자부심으로 제작과정을 관리하고 완성하게 되었다. 그렇게 완성된 발판은 부서원들이 발판을 밟고 오가며 반응이 아주 좋았다. 신입사원은 작은 것에서 자신감과 성취감을 얻고 변화되어가는 모습에 뿌듯함을 느꼈다.

사람들은 작은 성취에도 기쁨을 감추지 않는다. 마음속으로 '내가 해냈다.'라는 자부심을 갖게 된다. 우리의 일상은 작은 성취들로 이루어지고 작은 성취는 작은 습관으로부터 나온다. 작은 습관이 좋은 습관 형성을 위한 것이든, 나쁜 습관 형성을 위한 것이든 그에 맞는 적절한 보상이 따른다. 좋은 습관이나 나쁜 습관은 자신의 의식 속에 습관이 되면 바꾸기가 쉽지 않다. 신입사원이 자신이 하고 싶었던 설계를 직접 완수하여 성취를 맛보고, 직접 제품까지 완성하여 성취를 맛보게 되면, 작은 성취가 연속되면서 다음번에도 성취의 맛을 보기 위해 노력하게 된다. 작은 습관으로 하루하루 해내는 작은 성취들은 나중에 서로 연결되어 큰 성취를 이루게 된다. 작은 습관의 변화가 작은 승리의 합으로 나타나게 되고 인생을 바꾸는 큰 승리가 되는 것이다. 찰스 두히그 작가의 저서 『습관의 힘』에 '작은 승리'의 얘기가 나온다.

"'작은 승리'는 말 그대로 작은 승리이며, 핵심 습관이 광범위한 변화를 끌어내는 현상의 일부이다. 많은 연구에서 밝혀졌듯이 작은 승리는 엄청난 힘을 가지고 있는데, 1984년 코넬 대학교의 한 교수는 '작은 승리는 작은 이점의 꾸준한 적용이다. 하나라도 작은 승리를 이루어 내면 또 다른 작은 승리를 유도하는 역학 관계가 성립된다.'라고 말했다. 작은 승리는 작은 이점을 활용하여 더 큰 성취를 이룰 수 있다고 확신하는 패턴을 우리에게 심어 줌으로써 많은 변화를 유도한다."

지인 중에 경비원을 하면서 자녀 둘을 서울대에 입학시킨 작가가 있다. 작가는 베이비부머 세대로 가난해서 남들 다하는 중학교 진학을 할 수 없었다. 아버지는 알코올에 의존하여 살았고, 어머니는 어린 자녀를 두고 사라져버렸다. 작가의 청소년 시절은 밑바닥 인생으로 점철했다. 신문팔이, 구두닦이, 우산장사, 공돌이, 공사장 막노동 등 닥치는 대로 일을 했다. 서로를 이해하는 아내를 만나 결혼하고 자녀를 출산했다. 자녀가 성장하면서 교육의 중요성을 깨달았다. 경비원 생활로는 자녀의 사교육을 위한 비용은 꿈도 못 꾸었다. 자녀와 함께 도서관을 출입하는 것으로 사교육을 대체했다. 자녀들은 도서관에서 책과 친해지는 것을 배웠고, 서울대에 입학했다. 작가는 자녀와 함께 도서관에서 독서를 시작하여 30년 가까운 독서와 20년 글쓰기의 내공을 쌓았다. 기자 활동과 칼럼을 연재하고 다수의 저서가 있다. 작가는 스스로 '경비원 홍키호테'라고 칭한다.

지인 작가는 자녀의 교육을 위해 함께 도서관을 출입했다. 도서관 출입이라는 작은 습관을 꾸준히 실천했다. 이 작은 습관이 자녀의 서울대 입학이라는 놀라운 결과를 만들었다. 또한 자신은 경비원 생활을 하면서 기자 활동, 칼럼 연재 및 책을 쓰고 출간하는 인생의 변화를 가져왔다. 조직 심리학자 칼 웨이크(Karl Weick)는 다음과 같이 말했다.

"작은 승리들은 순서대로 정돈되어 연쇄적으로 결합하지는 않으며, 각 단계가 예정된 목표에 조금씩 가까워지는 걸 입증해 보이는 것도 아니다. 저항과 기회에 대한 암묵적인 이론들을 테스트해서, 궁극적인 상황이 벌어지기 전에는 보이지 않는 장애와 수단 모두를 알아내는 작은 실험들처럼 작은 승리들은 무질서하게 흩어져 있는 경우가 더 많다."

2009년 미국 국립보건원의 지원을 받은 연구진이 체중 감량을 위한 다른 방법을 연구한 결과를 발표했다. 그들은 1,600명의 비만자를 모집해서 일주일에 최소한 하루만이라도 먹은 것을 빠짐없이 기록해 보라고 요구했다. 처음에 피실험자들은 음식 일기를 갖고 다니는 걸 잊어버리거나 간식을 먹고도 기록하지 않았다. 하지만 서서히 그들은 일주일에 하루, 때로는 그 이상 먹은 것을 기록하기 시작했다. 대부분의 참가자가 음식 일기를 기록하는 것이 습관이 되었다. 그 후 전혀 예상하지 못한 일이 벌어졌다. 참가자들이 일기를 들여다보며 자신들의 식습관에 일정한 패턴이 있음을 알게 된 것이다. 어떤 이들은 자신이 항상 아침 10시에 간식을 먹는다는 걸 알아냈다. 그래서 그들은 그 시간에 먹을 사과와

바나나를 책상 이에 미리 준비해 놓았다. 반면에 일기를 활용해서 앞으로 먹을 식단을 미리 계획하는 사람들도 있었다. 그들은 저녁 식사로 먹을 것을 미리 준비해 둠으로써 정크푸드 대신 사다 놓은 재료들을 이용해 건강식을 할 수 있었다. 6개월 후의 결과에 따르면 음식 일기를 꾸준히 쓴 사람들은 그렇지 않은 사람들에 비해 체중이 2배나 줄었다.

스티븐 기즈 작가는 저서 『습관의 재발견』에서 습관을 만드는 것을 다음과 같이 비유로 말한다.

"습관을 만드는 것은 가파른 오르막, 완만한 언덕, 정상, 그리고 내리막길이 이어지는 길을 따라 자전거를 타는 것과 같다. 처음 시작할 때는 젖 먹던 힘까지 다해 페달을 밟아야 한다. 그 이후부터는 점점 더 쉬워지지만 언덕 꼭대기에 다다를 때까지 페달에서 발을 떼서는 안 된다. 그러지 않으면 그대로 뒤로 미끄러져서 지금껏 들인 노력이 다 헛수고가 되기 때문이다."

작은 습관은 돈이 들거나 힘이 드는 것이 아니다. 목표를 이루기 위한 행동을 할 수 있는 초기 행동을 첫 신호로 하고 작은 습관을 실천하면 된다. 지인 작가는 도서관을 가는 것이 작은 습관이었고, 현대 최고 안무가이자 무용가 트와일라 타프는 '택시 잡기'를 첫 신호로 작은 습관을 실천했다. 이러한 작은 습관이 작은 승리를 만들게 되고, 작은 승리는 또 다른 작은 승리를 이루게 되어 원하는 변화를 얻게 된다. 작은 승리를 가져오는 작은 습관을 자동적으로 행하도록 만들어야 한다. 스티븐 작가의 비유를 기억하고 습관의 정상을 넘어 내리막길로 내려와야 한다. 그러면 당신의 작은 습관이 작은 승리를 만들고, 작은 승리가 모여 큰 변화를 만들게 된다.

05

창조적인 습관이
인생을 바꾼다

창조적인 삶을 살기 위해 우리는
잘못되는 것에 대한 두려움을 버려야 한다.
– 조셉 칠턴 피어스

한국의 교육문화는 대학입시를 잘 보기 위한 내용으로 프로그램이 되어 있다. 자녀가 좋은 대학에 들어갈 수 있도록 부모는 많은 사교육 비용을 아끼지 않는다. 맹모삼천지교에 따라 학군 좋은 곳으로 이사 가는 것을 마다하지 않는다. 이렇게 해서 대학에 들어가면 다음은 군 복무를 해야 한다. 군대 문화는 지시문화이다. 상관이 시키는 대로 하지 않으면 체벌이 가해진다. 한마디로 자신이 생각하고 행동할 여유를 주지 않는다. 모르는 것이 있어도 질문하지 않는다. 질문을 잘못해서 손가락질 받을 걱정부터 하게 된다. 그러니 오바마 대통령이 방한했을 때 한국 기자에게 주어진 질문 기회도 사용하지 못하고 빼앗겼다. 오히려 질문하지 않아서 외국 기자들로부터 의구심이 생기게 했다.

유대인 부모는 아이가 학교에 다녀오면 "오늘 무슨 질문을 했니?"라고 묻는다. 무엇을 배웠는가가 아니라 몇 번 질문 했는가가 중요한 것이다. 아이도 처음에는 재미 삼아 답변을 하다가 매일 계속되는 물음에 정말 학교에서 질문을 하고 오게 된다. 어린 시절부터 익숙해진 질문하는 습관은 대학에서도 교수에게 질문을 한다. 대학 강의 시간은 여기저기서 질문이 이어지고 교수는 답변한다. 어떤 질문에는 교수도 쩔쩔매거나 확인해 보고 다음 시간에 알려주겠다고 한다. 한국에서 유학 간 학생들은 그러한 문화에 낯설다. 스탠퍼드대학교 경제학 교수인 에릭 하누세크 교수는 한국 유학생에 대하여 다음과 같이 말한다.

"창의력은 학교에서 가르치는 게 아니다. 권위와 위계질서를 극복할 수 있는 문화 기반을 만들어야 창의력이 꽃필 수 있다. 내가 가르쳐본 한국 학생들은 너무 예의가 발라서 내가 엉뚱한 소리를 해도 이를 지적하지 않는다. 이런 위계질서를 중시하는 문화가 훗날 직장에서도 창의성을 발휘하지 못하게 한다."

창조적인 습관을 갖는 데는 쉬운 방법이 따로 없다. 우연히 창조적인 습관이 생기지 않는다. 자신이 새로운 것을 끊임없이 생각하고 지속해서 찾아내는 노력이나 훈련을 해야 한다. 미국의 유명한 자기계발의 대가 노먼 빈센트 필은 다음과 같이 말했다.

"노(NO)를 거꾸로 쓰면 전진을 의미하는 온(ON)이 된다. 모든 문제에는 반드시 문제를 푸는 열쇠가 있다. 끊임없이 생각하고 찾아내라."

한국의 유명한 김미경 강사도 처음에는 남의 강의를 베껴서 했다고 고백했다. 강의하고 나올 때마다 자신의 비양심을 후회했다고 한다. 그래서 잠을 줄여가며 책을 읽었고, 속으로 '모방은 창조의 어머니'라고 수없이 외쳤다. 남의 강의가 아닌 자기만의 강의로 만들기 위해 노력했다. 김미경 강사는 저서 『12명의 인생멘토를 만나다』에서 다음과 같이 말했다.

"머릿속으로 단어와 생각을 나열하며 사고하는 습관을 길렀다. 남의 강의에 내 생각을 넣어보기도 하고, 나만의 단어나 에피소드로 바꾸기도 했다. 혼자서 '모방은 창조의 어머니'라고 수도 없이 외치며 남의 강의를 나만의 강의로 만들기 위해 노력했다. 얼마쯤 지나자 강의 내용 중 상당수가 나만의 이야기로 채워졌다. 그리고 어느 순간 그 비중이 95%에 도달했다. 그러자 놀라운 변화가 일어났다. 남들은 절대 따라 할 수 없는 나만의 5%가 탄생한 것이다. 그 5% 덕분에 나는 지금의 자리에 올라

설 수 있었다."

김미경 강사의 얘기에 의하면 창조적인 산물은 5%에 의해서 이루어진다. 95%는 누구나 조금 열심히 하면 이룰 수 있다는 말이다. 창조적인 아이디어를 생각해내는 사람들은 학교 교육에 얽매이지 않는다. 애플의 창업자 스티브 잡스는 대학에서 배우는 과목이 자신에게 적합지 않아 비싼 비용을 치를 값어치가 없다고 판단했다. 그래서 대학을 자퇴하고 자신이 듣고 싶은 과목을 청강했다. 그때 배운 캘리그라피의 지식이 컴퓨터에서 다양한 폰트를 만들어냈다. 마이크로소프트의 창업자 빌 게이츠는 대학을 다니면서 창업을 하고 대학을 중퇴했다. 마이크로소프트를 창업할 당시만 해도 IBM 같은 회사들도 퍼스널 컴퓨팅이 어느 방향으로 흘러가게 될지를 예상하지 못했다. 빌 게이츠와 공동 창업자 폴 알렌은 퍼스널 컴퓨팅의 중요성을 알고 그 흐름을 잡아야 한다고 생각하게 되었다. 흐름을 잡기 위해 업무에 몰두하다 보니 학위를 따기 위해 공부할 시간이 없어서 중퇴를 선택했다.

한국에도 대학 중퇴 경력의 유능한 개발자가 있다. 네이버 기술 분야 책임리더 정민영 씨는 대학 중퇴 이력으로 작년 초 34세로 네이버 최연소 임원이 되었다. 정 책임리더는 대학에 10년간 (2005~2015) 적을 두고 있었으나 학위는 없다. 그 기간 스타트업에서 블로그 서비스 '미투데이', 음악 앱 '비트' 같은 굵직한 서비스를 만들었다. 19세에 현업에 입문하여 미투데이가 크게 성장하면서 학업과 일을 병행할 수 없어서 휴학이 더는 불가능하게 되자 자퇴했다. 2009년 네이버가 미투데이를 인수하면서 합류했다. 1년 만에 다시 스타트 업계로 돌아갔고 이후 비트를 만들었다. 비트 사업이 2016년 말 적자로 폐업하게 되면서 네이버에 재입사했다. 네이버 AI 태스크포스(TF)에 합류한 지 3년 만인 지난해 초 임원이 됐다. 정 책임리더는 인터뷰에서 "좋은 개발자가 되려면 어려서부터 컴퓨터를 해야 하는가?"라는 질문에 다음과 같이 말했다.

"나 같은 사례가 정답은 아니다. 소프트웨어 개발자는 추상적 개념을 잘 다뤄야 한다. 현실의 문제를 잘 모델링해서 기술로 풀 수 있는 추상화와 구체화를 오가는 능력이 필요하다. 개발자에게 수학 공부가 중요한 이유다. 개발자가 일하며 미적분 쓰겠나? 그러나 정규 교육과정에서 추상적·논리적 사고를 배울 수 있는 몇 안 되는 과목이 수학이다."

습관은 두뇌에서 자동으로 명령을 내리는 프로그램화 되어있다. 좋은 습관이건 나쁜 습관이건 자신의 의지대로 쉽게 바꿀 수가 없다. 어떻게 하면 습관화된 프로그램을 바꾸어서 원하는 좋은 습관으로 바꿀 수 있을까? 그러나 나쁜 습관을 없애는 것은 매우 어렵다. 많은 흡연자의 금연 운동 결과를 보면 그 어려움을 알 수 있다. 담뱃값을 높게 올리거나 담뱃갑에 흡연의 위험을 알리는 보기 흉한 경고 그림을 넣어도 효과는 잠시일 뿐이다. 금연 운동에 참여했던 대다수 흡연자는 참지 못하고 다시 담배를 피우게 된다. 따라서 나쁜 습관은 없애는 것이 아니라 새로운 습관으로 교체를 시도해야 한다. 나쁜 습관이 나오게 되는 신호에 새로운 습관이 나쁜 습관보다 먼저 나오도록 두뇌의 프로그램을 바꾸어야 한다. 이시우라 쇼이치 박사는 저서 『뇌 새로고침』에서 다음과 같이 말했다.

"새로운 것을 창조하는 능력은 워킹 메모리의 기능이다. 그것은 지금까지 보존해 온 지식을 상황에 맞게 이끌어내 적절히 사용하는 능력으로 전두전야가 이 기능을 맡고 있다. 전두전야가 여러 곳에 지령을 내려 기억을 조합하고 통합하여 사용한다. … 따라서 전두전야의 기능을 좋은 상태로 유지할 수 있다면 나이가 들어도 창조력 역시 떨어지지 않을 것이다."

영국의 시인이자 극작가인 존 드라이든은

"처음에는 우리가 습관을 만들지만, 그다음에는 습관이 우리를 만든다."

라는 명언을 남겼다. 일상생활에 익숙해진 습관을 바꾸려는 것은 쉽지 않다. 행동 하나하나의 습관 속에 자신의 일상이 있고 자신만의 편리함이 있기 때문이다. 하지만 창조적 습관을 들이게 되면, 운전대의 각도 방향을 틀어 다른 길을 가는 것처럼 또 다른 삶이 나타날 수 있다. 작지만 좋은 창조적 습관은 더 좋은 창조적 인생으로 만들어 줄 것이다.

06
꿈을 이루기 위한 행동을
습관화하라

도전 의식을 북돋우는 일에 완전히 빠져들면
정신 기능이 정점에 달하고 시간 개념이 모호해지며
그 순간 최고의 행복을 누린다.

- 대니얼 골먼

초등학교 시절에 친구 집에 있는 바둑으로 실전 바둑을 배웠다. 바둑은 집을 짓는 것이다. 외곽에 집을 지을 것인지 안쪽에 집을 지을 것인지 수 경쟁을 하고, 지역 선점을 해야 한다. 이러한 게임에서 개인의 심리적 상태가 중요한 변수로 작용하게 된다. 불안한 심리는 상대방 수읽기에 실패하게 되고, 패착을 두게 된다.

바둑은 바둑판이라는 한정된 범위에서 서로 전략을 구사하면 된다. 하지만 사람이 살아가는 삶의 범위는 인터넷 정보망의 발전으로 인해 범위의 제한이 없어졌다. 다시 말하면 꿈을 꾸고 이루는 범위에 제한이 없어졌다. 이것은 꿈을 꾸는 사람들에게 욕망을 불러일으키는 요소가 되지만, 역으로 그만큼 불안 심리를 가져다주는 요소가 된다. 이러한 심리적 요소를 잘 다룰 수 있는 능력을 키우는 것은 꿈을 이루기 위한 행동을 습관화하는 데 많은 도움이 될 것이다. 닐 피오레 작가는 저서 『내 시간 우선 생활습관』에서 '심리적 안전망 마련하기'를 설명했다. 그 내용을 요약하면 다음과 같다.

여기에 길이 9m, 두께 10cm, 폭 30cm의 단단한 널빤지가 있다고 생각한다.

첫 번째 실험. 땅바닥에 놓인 널빤지 위를 걷는 것이다. 이 상황은 아무런 문제가 없다. 장난삼아 조심스럽게 한 걸음씩 내디디며 건널 수도 있고, 춤을 추며 건널 수도 있고, 껑충껑충 뛰며 건널 수도 있다. 이 정도쯤은 문제도 아니다.

두 번째 실험. 지상에서 30m 높이의 두 빌딩 사이에 널빤지가 걸쳐져 있다. 이 상황에서 널빤지의 반대편 끝을 바라보며 그 위를 걷기 시작하는 자신의 모습을 떠올려보자. 이번에는 떨어지면 자신이 죽을 수도 있다는 위험이 더해졌다. 이 상황은 자신의 생명, 자신의 미래가 달린 문제다. 그렇다 보니 이제 침착하고 싶어도 침착할 수가 없다.

세 번째 실험. 두 번째 실험 조건과 같다. 그러나 상황은 우리가 선 쪽의 널빤지를 지탱하는 빌딩에서 불이 났다. 이 상황은 자존심이나 창피한 감정 따위를 따질 여유가 없다. 이런 상황이 오면 온갖 어설픈 방법을 동원해서라도 널빤지를 건너는 창의적인 생각을 떠올리기 시작한다. 실수하면 어쩌나, 완벽하지 못하면 어쩌나 하는 걱정 따위는 이미 머리에서 사라진 지 오래다.

네 번째 실험. 두 번째 실험 조건과 같다. 하지만 널빤지 아래에 땅에서 30cm 위로 튼튼하게 지탱해주는 안전망이 처져 있다. 이 상황은 어렵지 않다고 생각한다. 널빤지에서 떨어져봤자 조금 창피한 정도라고 생각한다. 아무리 많이 떨어져도 다시 올라올 수 있다. 한 번 실수했다고 해서 인생이 끝나지 않는다. 우리는 언제든 다시 도전할 수 있다.

'세 번째 실험'에서처럼 우리는 훨씬 더 두려운 일이 닥쳐야만 완벽하지 않을 두려움과 판단 받을 두려움에서 벗어나 비로소 자신의 참모습을 내보이는 경향이 있다. 널빤지에서 떨어질 가능성보다 더 급하고 더 실제적인 공포가 들이닥친 사실을 알았을 때 우리의 생각이 재빨리 변하게 된다.

완벽주의자는 목표 달성에 실패하거나 실수를 저지르게 되면 금방이라도 죽을 것 같은 느낌이 든다. 그러나 누구라도 소중한 직장이나 인간관계, 가정을 잃어버리게 되면 세상이 끝난 것처럼 느껴질 수 있다. 그래서 우리는 안전망, 즉 자기도 모르게 꾸물거리는 상태에서 튕겨 올라올 수 있는 대안을 마련해야 한다.

자신의 삶에 안전망을 마련해두면 설령 떨어진다 해도 그다지 두렵지는 않다. 자신의 삶에 안전망은 무엇인가? 어떠한 상황에서도 실패를 딛고 일어서는 능력이다. 이러한 능력을 갖추기 위해서는, 자신의 안에 있는 잠재능력의 씨앗을 꺼내어 물을 주고 키워야 한다. 꿈을 이루기 위한 행동을 습관화하는 노력을 하는 것이다. 그리고 습관화하는 노력 가운데 자신의 꿈을 찾고 그 꿈을 이루어 나가는 것이다. 스티븐 코비 작가는 저서 『성공하는 사람들의 7가지 습관』에서 다음과 같이 말했다.

> "우리 안에는 태어날 때부터 위대함이라는 씨앗이 파묻혀 있었다. 그로 인해 놀라운 재능과 능력, 가능성, 특권과 기회들이 주어졌지만, 그 씨앗을 진정 꽃피게 만드는 것은 바로 자신의 확신과 노력이다. 이 씨앗 덕분에, 우리가 가진 잠재력과 가능성은 무한하다. 한 사람이 실현할 수 있는 일이 얼마나 큰지 우리는 가늠조차 못 할 정도이다."

한태완 작가의 『성공과 승리의 열쇠』에 제시 오언스의 이야기가 기록되어있다.

1920년 벨기에 올림픽 금메달리스트인 육상선수 찰리 패덕은 자신의 모교를 방문해 후배들에게 이렇게 말했다.

"너희들은 어떤 사람이 되기를 원하는가? 목표를 정하고 하나님께서 그것을 이루는 데 도움을 주실 거라고 믿어라."

연설을 들은 제시 오언스는 그의 영웅 찰리 패덕에게 감동받아 스포츠 코치를 찾아가서 이렇게 말했다.

"코치님, 이루고 싶은 꿈이 생겼어요! 살아 있는 가장 빠른 사람인 찰리 패덕처럼 되고 싶어요."

그러자 코치가 말했다.

"제시, 꿈을 가지는 것은 훌륭하지만 그것을 이루기 위해 너는 꿈에다 사다리를 놓아야 해. 사다리의 첫 번째 단은 인내이며, 두 번째 단은 헌신이고, 세 번째 단은 훈련이며, 네 번째 단은 태도란다."

제시는 '꿈을 절대 포기하지 않겠다.'라는 결심을 하고 꿈의 사다리에 발을 올려놓았다. 그리고 마침내 100m와 200m 경주에서 가장 빠른 사람이 되었다. 올림픽 경기에서 네 개의 금메달을 땄고, 그의 이름은 '미국 체육의 명예의 전당'에 새겨지게 되었다.

봉준호 감독의 영화 〈기생충〉은 2019년에 개봉됐다. 이 영화는 2월에 열린 미국 아카데미 시상식에서 각본상, 국제 장편영화상, 감독상, 최우수 작품상을 받으며 최초로 4관왕을 이루는 쾌거를 달성했다. 봉 감독은 12살의 나이에 영화감독이 되기로 마음먹은 영화광이었다. 어릴 적에는 만화광이었으며, 꿈이 만화가였던 적도 있다고 밝혔다. 국립영화제작소 미술실장을 지낸 아버지의 서재에서 다양한 책을 읽으며 자랐으며, 봉준호는 어렸을 때부터 그림, 문학, 음악을 다 좋아했다고 했다.

봉 감독에 대한 평가는 일반적인 천재형이 아니라 굉장히 집요하게 파고들고 파고드는 강박형 감독이라고 평한다. 그리고 그의 성숙한 인간미는 배우 송강호와의 인연을 만들었다. 송강호가 무명 배우 시절 오디션에서 탈락하자 봉 조감독이 따뜻한 문자 메시지를 보냈다. 몇 년 후 상황이 바뀌어 특급 배우가 된 송강호를 캐스팅하기 위해 무명인 봉 감독이 떨리는 마음으로 전화를 걸었다. 송강호는 "난 이미 5년 전에 당신 영화에 출연하기로 결정했어요."라고 말했다.

꿈을 이루기 위한 행동을 하기 위해서는 자신의 삶에 안전망을 마련해 두어야 한다. 평소 자신의 역량을 잘 활용하고 숨겨진 재능과 잠재력을 키울 수 있는 자신감을 길러야 한다. '일이 잘못되면 어떻게 하지?'라는 부정적인 자기 암시의 말과 맞서 최선을 다할 수 있는 심리적 안전망이 필요하다. 자신이 세운 목표를 위해 쉬지 않고 끊임없이 노력할 수 있는 일들은 무엇이 있는가? 자신을 특별하게 만들어주는 무언가를 찾아보라. '가장 위대한 나'가 되는 비전을 그려보라! 여러분은 이 세상 다른 어떤 사람과 마찬가지로, 특별해질 수 있는 충분한 권리를 부여받았다. 자신감을 갖고 꿈을 이루기 위한 행동을 습관화하라.

07
크게 생각하는 사람이
크게 성공한다

자기 자신을 믿어라. 자기의 재능을 인정하라.
그러나 자신의 능력에 겸손하고 확고한 신념이 없다면 성공할 수 없다.
신념이야말로 가장 빛나는 성공의 원천이다.

— 노먼 빈센트 필

성공한 사람들은 어려운 환경 속에서 항상 긍정적인 생각을 하는 습관을 갖고 있다. 그리고 자신의 긍정적인 생각을 신념화하게 된다. 실패의 과정은 목표를 이루는 과정에 나오는 경험으로 여긴다. 그리고 포기하지 않고 목표를 이룰 때까지 하는 크게 생각하는 습관으로 크게 성공하게 된다.

'롬바르디 컵'의 전설이 있다. 미식축구 감독 빈스 롬바르디 (Vince Lombardi)는 그린베이 패커스(NFL의 미식축구팀)팀에 부임하여 1년 만에 승률 10 프로인 팀을 승률 60 프로로 올렸다. 그린베이 패커스팀은 승률 10 프로로 팀원들은 이기는 것보다 지는 것에 익숙해 있었다. 롬바르디 감독은 부임 후 습관에 대하여 자주 얘기를 했다. 한번 포기하는 것을 배우면 그것은 습관이 된다. 이기는 것은 습관이며, 지는 것도 습관이다. 연습이 완전함을 만드는 것이 아니라 완전한 연습만이 완전함을 만든다. 많은 연습이 아닌 제대로 된 완벽한 연습은 롬바르디의 오랜 습관이자 그를 세계적 명장으로 만든 인생철학이었다.

습관은 한 사람의 인생철학을 담고 있다. 한 사람의 성장 과정에 어떠한 가치관과 신념을 갖고 살아왔는지가 습관이 되어 나오는 것이다. 사람은 누구나 무한한 잠재능력을 지니고 세상에 태어났다. 그중에 어떤 이는 자신의 잠재능력을 끌어내어 성공적인 인생을 살지만, 어떤 이들은 자신의 잠재능력이 무엇인지 알지도 못한 채 평범한 삶을 살아간다. 사람은 생각대로 살지 않으면 사는 대로 생각하게 된다고 했다. 이러한 차이가 발생하는 근본적인 이유는 살아가면서 겪게 되는 절박함의 크기와 절박한 상황을 극복하면서 형성된 습관 때문이다.

앤드루 앤디 루빈(Andrew Andy Rubin)은 미국의 기업인으로 투자가이고 프로그래머인 공학자이다. 애플에서 엔지니어로 일을 시작했다. 퇴직해서는 제네럴 매직이라는 회사로 옮겼다. 휴대용 기기를 위한 운영체제와 인터페이스, 이름하여 매직 캡(Magic Cap)

을 만드는 회사였다. 매직 캡이 실패하자, 루빈과 그의 동료 몇 명은 제네럴 매직을 떠나 아르테미스 리서치를 설립했다. 이 회사를 마이크로소프트가 인수 합병했다. 이후 마이크로소프트를 나와서 동료와 함께 데인저를 설립했다. 데인저 힙탑이라는 초창기 스마트폰을 만들었는데, '기술을 좋아하는' 마니아 계층에서 컬트하게 인기 있었다. 루빈은 데인저에서 퇴사하고 안드로이드를 설립했다. 안드로이드는 다시 구글에 인수되었고, 안드로이드 플랫폼의 총 책임자로 근무했다. 이후 구글의 로봇 분야 책임자로 근무하다가 구글에서 퇴사하고 벤처기업 에센셜을 설립했다.

앤디 루빈의 과정을 보면 어느 한 곳에서 안주하지 않고 변화를 거듭했다. 벤처기업이 성장하고 인수 합병되면 그곳에서 잠시 일하다가 나와서 다시 벤처기업을 설립했다. 앤디 루빈에게는 이러한 과정의 반복이 습관처럼 되었다. 남들처럼 해서는 항상 뒤따라가게 된다. 뒤따라가다 보면 이미 절정기를 지나고 있는 시점에 들어가 실패의 쓰라린 경험을 겪을 수 있다. 세상은 개인이나 기업이나 할 것 없이 남들과는 다른 생각을 하도록 요구하고 있다. 애플의 창업자 스티브 잡스도 "다르게 생각하라."라고 말했다. 시간은 기다려주지 않으며, 팔로워의 시대는 지나고 퍼스트 무버가 되어야 한다는 것이다. 퍼스트 무버가 되기 위해서는 남들이 생각하지 못하는 창조적인 생각을 하고 시도할 수 있어야 한다. 개인이든 기업이든 크게 생각하고 과감하게 베팅할 수 있어야 한다.

『골든 티켓』, 『백만장자 메신저』의 저자인 브랜든 버처드는 저서 『식스해빗(SIX HABITS)』에서 뛰어난 성과를 나타낸 사람들의 여섯 가지 습관을 소개했다. 첫째, 원하는 것을 명확히 그린다. 둘째, 건강한 상태를 유지한다. 셋째, 강력한 이유를 찾는다. 넷째, 중요한 일의 생산성을 높인다. 다섯째, 사람의 마음을 움직이는 힘을 키운다. 여섯째, 진정한 변화를 위해 더 큰 용기를 낸다.

브랜든 버처드가 소개하는 여섯 가지 습관은 특이한 것이 아니다. 일반인들도 쉽게 생각할 수 있는 것을 정리했다고 할 수 있다.

첫 번째는 성과를 내거나 성공을 하기 위해서는 원하는 것을 명확히 해야 하는 것은 분명하다. 어떠한 사람이 되기를 바라는지, 어떠한 결과를 얻으려고 하는지 하는 목표를 구체적으로 세우는 것이다.

두 번째는 건강한 정신과 신체를 유지할 수 있어야 원하는 목표를 위해 열정을 갖고 추진할 수 있게 된다. 목표를 달성했을 때 성취의 결과를 건강한 자신이 누릴 수 있게 된다.

세 번째는 '왜'가 분명해야 한다. 원하는 목표를 달성해야 하는 강력한 이유가 있다면 당연히 추진 동력도 강력하게 된다.

네 번째는 하고자 하는 중요한 일의 생산성이 높아야 결과물에 대한 영향력도 크다. 생산성이 높아진다는 것은 그만큼 중요한 일을 선택한 후 집중해서 추진했다는 것을 말해준다.

다섯 번째는 인적 자원을 넓혀야 한다. 세상의 일은 독자적으로 크게 이루는 것은 불가능하다. 신뢰할 수 있고 목표를 이루는 데 지원해 줄 수 있는 많은 인적 자원의 도움이 필요하게 된다.

여섯 번째는 크게 생각하는 용기가 있어야 한다. 첫 번째부터 다섯 번째까지 완벽하다 하더라도 마지막에는 선택과 강한 의지를 요구한다. 진정한 변화를 위한 과감한 선택을 하고 행동으로 실천해야 그에 맞는 결과를 얻을 수 있게 된다.

여섯 가지 습관에서 버처드가 말하려고 하는 것은 각각의 습관이 어우러져 상호 시너지를 내게 되었을 때, 장기간에 걸쳐 계속해서 성공을 이루고 성장해 나간다는 것이다. 이러한 효과는 개인뿐만 아니라 기업에서도 마찬가지로 적용 된다.

이승윤 작가의 저서 『구글처럼 생각하라』에는 소비자에게 선택권을 넘겨준 얘기가 나온다. 구글은 언제부터인가 유튜브에서 광고 건너뛰기 버튼을 만들어 넣었다. 이용자는 광고를 보기 싫으면 5초만 참은 후 건너뛰기 버튼을 누르면 된다. 소비자 심리학자 에드바드는 '강제적인 팝업 형태의 광고'를 사용한 실험에서 소비자들이 강제적인 노출 광고에 강한 반감을 보인다고 했다. 유튜브는 손해를 감수하면서 이용자에게 광고 보기 선택권을 넘겨주었다. 실제로 유튜브에서 소비자의 반발을 일으킬 수 있는 광고의 효과는 크지 않았다. 결국 유튜브는 '건너뛰기'라는 옵션을 만들어 소비자들에게 선택권을 넘겨줌으로써 반발이 일어날 수 있는 가능성을 최소화했다. 이러한 광고 전략의 변화는 긍정적인 결과로 돌아왔다.

2017년 6월 방송된 MBC 프로그램 〈서프라이즈〉에서 배우 짐 캐리(Jim Carrey)와 그의 아버지 이야기가 알려졌다. 어렸을 적 장난감이 없어서 거울을 보면서 표정 짓기 놀이하던 것이 특기가 되었다. 배우의 꿈을 키우던 짐 캐리는 아버지를 위해 문구점에서 구한 가짜 수표에 천만 달러를 써서 드렸다. 캐리 아버지는 그에게 이 수표를 간직하고 큰 꿈을 꾸라고 부탁했다. 캐리는 가짜 천만 달러 수표를 항상 지갑에 넣고 다녔으며, 실제 천만 달러의 개런티를 받는 영화배우가 되겠다고 다짐했다. 스탠드업 코미디언으로 활동하던 캐리는 시트콤 〈덕 팩토리〉에서 주인공으로 발탁된 것이 시작이었다. 그리고 영화 〈마스크〉로 캐리는 큰 수익을 얻는 스타가 되었다. 이후 〈배트맨 포에버〉를 통해 개런티 천만 달러의 대배우가 되었다. 하지만 그의 아버지는 이미 세상에 떠났다. 아버지 사망 후 4년 만에 천만 달러의 약속을 지킬 수 있었던 짐 캐리는 수표를 아버지와 함께 땅에 묻었다.

헤르만 헤세 작가는 저서 『데미안』에서 "당신의 운명은 당신을 사랑하고 있어요. 언젠가는 당신이 꿈꿨던 것처럼 완전히 당신 것이 된답니다. 당신이 변함없이 충실하다면"이라고 말했다. 자신이 간절히 바라는 꿈과 소망을 종이에 적고 시간이 날 때마다 꺼내 보라. 종이에 적은 꿈과 소망이 이루어진 당신의 모습을 구체적으로 상상해 보라. 매일 잠자기 전, 아침에 일어나서 세상을 향해 꿈과 소망을 외쳐라. 습관은 당신을 배신하지 않는다. 이러한 작은 습관은 당신 안에 잠자고 있는 잠재능력의 씨앗에 물을 주어 성장하게 할 것이다. 씨앗이 꽃이 피고 열매가 영글 때까지 확고한 신념을 갖고 물을 주어야 한다. 씨앗이 자라나서 꽃이 필 때면 어느새 당신의 꿈과 소망이 가까이 와 있는 것을 알게 된다.

창조적으로 사고하는 습관을 기르자

코로나19가 한국에 퍼지기 시작한 지 1년여가 지났으나 여전히 기승을 부리고 있다. 코로나19는 사람의 습관을 오프라인에서 온라인으로 바꿔 놓았다. 온라인 상점은 더욱 성장하고 있고 오프라인 상점은 어둠의 기간을 보내고 있다. 많은 사람이 자의든 타의든 코로나19의 영향으로 집콕 생활을 하고 있다. 집콕 기간이 길어지면서 집 안에서 무료하게 시간을 보내거나 TV 시청을 하면서 시간을 보내게 된다. 무기한 집콕 생활은 정신적, 신체적인 피로와 함께 무기력감을 준다. 이러한 기간에 자기 주도적으로 계획하고 나를 찾아보는 생산적인 시간을 보내야 한다.

일부 전문가는 코로나19가 끝나더라도 오프라인 환경으로 돌아가지 않을 것이라고 한다. 하지만 사람의 습관은 다시 원래의 습관으로 돌아가려는 본능이 있다. 일부 온라인으로 지속되는 분야가 있겠지만, 대부분은 오프라인으로 돌아와 이전의 생활 모습을 되찾게 될 것이다. 코로나19가 종식되고 다시 사회로 나오게 되면 집콕 기간에 무엇을 했느냐에 따라 개인의 성장이나 생각의 범위가 달라질 것이다.

습관(習慣)은 한자어로 익힐 습(習), 버릇 관(慣)이다. 익혀서 버릇으로 된 상태를 말한다. 표준국어대사전에서는 사전적 정의로 '어떤 행위를 오랫동안 되풀이하는 과정에서 저절로 익혀진 행동 방식' 또는 심리학적으로 '학습된 행위가 되풀이되어 생기는, 비교적 고정된 반응 양식'이라고 설명되어 있다.

어떤 행위가 습관이 되면 뇌에서 자동적으로 반응하게 된다. 따라서 처음부터 습관을 잘 들이는 것이 중요하다.

스티븐 코비 작가는 저서 『성공하는 사람들의 7가지 습관』에서 다음과 같이 말했다.

"우리가 가진 것들을 활용하면 활용할수록, 재능과 잠재력은 소진되는 것이 아니라, 오히려 더 늘어나고 발전하게 된다. 당신이 세운 목표를 위해 쉬지 않고 끊임없이 노력할 수 있는 일들은 무엇이 있는가? 당신을 특별하게 만들어주는 무언가를 찾아보라. '가장 위대한 나'가 되는 비전을 그려보라! 당신은 이 세상 다른 어떤 사람과 마찬가지로, 특별해질 수 있는 충분한 권리를 부여받았다."

우리는 자신에게 주어진 재능과 잠재력을 찾는 것이 중요하다. 재능을 찾아 좋은 습관으로 키운다면 일단 성공의 필수조건을 갖게 된 것이다. 재능은 그냥 찾아오는 것이 아니다. 성공한 사람은 독서를 통해 자신의 재능을 찾고 목표를 이루어갔다. 자신의 일과에 독서할 수 있는 시간을 확보하라. 독서를 하면서 창조적으로 사고하는 습관을 만들어 간다면 '위대한 나'로 자신의 모습이 변해가게 된다. 좋은 습관을 만들어 가기 위해서는 동기부여와 의지력이 요구된다. 동기부여는 금방 식어버릴 수 있다. 하지만 의지력은 자신이 하고자 하는 의지에 달려있다.

스티븐 기즈 작가는 저서 『습관의 재발견』에서 '큰 변화로 가는 여덟 단계'를 말했다.

제1단계, 작은 습관과 작은 계획을 선택하라.

제2단계, '왜?'라고 물어 핵심을 파고들어라.

제3단계, 습관 신호를 정하라.

제4단계, 보상 계획을 세워라.

제5단계, 모든 걸 적어 놓아라.

제6단계, 작게 생각하라.

제7단계, 높은 기대를 버려라.

제8단계, 징후를 찾아라. 단, 섣부른 판단은 금물이다.

창조적으로 사고하는 습관을 어떻게 만들어 가는지 알고 싶다면, 창조적 사고기법을 습득해야 한다. 일례로 에드워드 드 노브(Edward de Bono)의 '여섯 색깔 사고 모자 기법(Six thinking hats)'이 있다.

첫째, 하얀색 모자는 중립적, 객관적, 사실적 사고를 뜻한다. 사실, 수치, 정보를 말하도록 한다.

둘째, 초록색 모자는 창조적, 생산적 사고를 뜻한다. 기존의 아이디어에서 벗어나는 새로운 생각, 재미있는 생각, 여러 가지 해결 방안을 말하도록 한다.

셋째, 빨간색 모자는 감정적, 직관적 사고를 뜻한다. 느낌, 육감,

직관, 예감을 말하도록 한다.

넷째, 노란색 모자는 낙관적, 긍정적 사고를 뜻한다. 장점, 긍정적 판단, 성공할 이유, 가능성에 대하여 말한다.

다섯째, 검은색 모자는 부정적, 비관적 사고를 뜻한다. 단점, 부정적 판단, 실패할 이유, 불가능성에 대하여 말한다.

여섯째, 파란색 모자는 이성적 사고를 뜻한다. 전체적인 정리를 위해 요약, 개관, 결론, 규율의 강조, 다른 모자들의 사용을 통제하고 조절할 수 있도록 한다.

여섯 색깔 사고 모자 기법은 전통적 사고나 수직적 사고와 대립하는 개념인 수평적 사고를 요구한다. 일반적으로 첫째, 하얀색. 둘째, 초록색. 셋째, 빨간색. 넷째, 노란색. 다섯째, 검정색. 여섯째, 파란색 순서로 진행되며, 이 순서는 곧 아이디어의 정리 순서도 되기 때문에 합리적인 방법이라고 할 수 있다.

미국의 철학자이자 심리학자인 윌리엄 제임스는 다음과 같이 말했다.

"생각이 바뀌면 행동이 바뀌고, 행동이 바뀌면 습관이 바뀌고,
습관이 바뀌면 인생이 바뀌고, 인생이 바뀌면 운명이 바뀐다."

이 책을 쓰기까지는 퇴직과 동시에 코로나19로 인해 일 년 넘는 기간을 집에서 생활하는 시간이 대부분이었다. 코로나19가 시작되면서 첫 번째 책『마흔, 인생 2막을 평생 현역으로 사는 법』을 써서 출간했다. 이어서 자기계발을 위해 직업상담사 2급 자격증을 취득 했다. 집콕 기간이 길어지면서 밖에서 할 수 있는 활동을 찾아야 했다. 마침 경남인생이모작지원센터에서 진행하는 '2020 신중년 빛나는 인생학교'를 다니게 되었으며, 중소기업 산업안전지원단에서 실시하는 안전지킴이 사회공헌활동도 했다. 이러한 활동도 12월 중순에 끝났다. 그래도 여전히 코로나19는 기승을 부리고 있어 두 번째 책을 쓰기로 선포하였다. 그렇게 쓰게 된 책의 초안이 완성되고 출판사와 계약이 이루어졌다. 곧이어 뜻밖에 중소기업에 취업하는 기회를 갖게 되었다. 두 번째 책을 계약하고 나서도 다시 집콕 생활을 계속해야 할 상황이었다. 그런데 어떻게 계획을 해야 하나 하는 생각의 겨를도 없이 지난 4월 초부터 회사

에 출근하게 되었다. 저를 추천해 주신 추천인과 기회를 주신 ㈜ 타임기술 대표에게 감사드린다. 그리고 이 책이 나오기까지 내용에 도움을 주신 분들에게 감사드린다. 사례에 나오는 여러 동료와 갑장 친구, 그리고 지인에게 감사드린다. 이 책의 초고를 보고 출판 기회를 주신 도서출판 더로드 조현수 대표에게 감사를 드린다.

그리고 가족들에게 고맙고 사랑하는 마음을 이 책에 담아본다. 아내 경옥에게 사랑한다는 말을 글로 대신하여 전합니다. 큰딸 민경, 둘째 수연, 그리고 막내아들 동휘(대학 4년)에게 멘토로서 아버지 역할이 부족했음을 느낀다. 책 쓴다고 방안에서 책상 주변을 맴돌고, 도서관을 오가는 재미없는 남편을 옆에서 응원해준 아내에게 감사하다. 각자 떨어져 살아가는 자녀들이 보다 나은 꿈을 꾸고 함께 성취해 가는 모습을 상상한다.

마지막으로 급속하게 변해가는 세상에서 코로나19라는 복병에 의해 어려운 사람들은 더욱 힘들어지고 있다. 비록 우리의 삶이 힘들더라도 화목하고 행복한 가정으로 살아가게 되기를 함께 기도한다.

습관을 다루는 생각의 비밀

초판인쇄   2021년 6월 8일
초판발행   2021년 6월 15일

지은이   김은형
발행인   조현수
펴낸곳   도서출판 더로드
기획   조용재
마케팅   최관호 백소영
편집   남은화
디자인   호기심고양이

주소   경기도 고양시 일산동구 백석2동 1301-2
            넥스빌오피스텔 704호
전화   031-925-5366~7
팩스   031-925-5368
이메일   provence70@naver.com
등록번호   제2015-000135호
등록   2015년 06월 18일

정가 15,000원
ISBN 979-11-6338-156-3 03810